KB141644

피아노를 끌어안고 자고 싶던 소년

1. 각 글에서 언급된 곡을 감상하실 수 있도록 해당 음악의 연주 영상으로 연결되는 QR 코드를 글의 제목 아래에 삽입했습니다.

2. 인명이나 지명 등은 국립국어원 외래어 표기법을 따랐으나, 관습적으로 굳어져 통용되는 일부 표기는 예외로 두었습니다.

피아노를 끌어안고 자고 싶던 소년

에드윈 킴 지음

yeondoo

차례

프롤로그-만남

다섯 살 즈음 어느 명절 오후. TV 속 어느 가수의 열창을 병풍 삼아 시끌벅적한 대화가 기름진 음식 냄새로 꽉 찬 공간을 가득 채웠다.

난 온갖 책과 액자 등이 놓인, 먼지가 수북한 업라이트 피아노 앞으로 다가갔다.

뚜껑을 여니 왼쪽 문틈을 비집고 쏟아져내리는 빛줄기 속에 먼지가 연기처럼 피어났다.

그 앞에 앉아 멍하니 건반을 바라보다 하나씩 눌러보기 시작했다. 쑥 내려가는 그 감각과 청아하게 귀에 꽂히던 그 소리를(지금 생각해보면 절대 그런 소리가 날 수 없는 악기였다.) 지금도 생생하게 기억한다.

이곳저곳 마구잡이로 눌러보던 나는 아무도 주목하지 않던 TV 속 그 가수가 부르던 노래의 멜로디를 찾아냈다. 너무 신기했던 나머지 참지 못하고 소리쳤다. “내가 방금 저 노래의 멜로디를 찾아냈어!”

느닷없는 외침에 놀란 어른들이 나를 쳐다봤다. 예상치 못한 시선 집중에 얼굴이 달아오르던 찰나 아버지의 "아 그래? 허허." 한마디로 마치 아무일도 없었던 듯 흔한 명절 풍경이 이어졌다. 내 기쁨을 공감해주지 않던, 그것이 '절대음감'이었음을 알아봐 주지 않던, 그 순간 내가 피아노와 사랑에 빠졌음을 아무도 상상조차 하지 않던 그 공간을 잠시 멍하니 바라보던 나는 살짝 풀이 죽은 채 건반 위에 외로움을 얹기 시작했다.

그것이 아무도 나를 이해하지 못한다는 피해 의식과 더불어 음악을 향한 내 사랑을 증명해보이고 말겠다는 다짐의 시작이었다.

그날 나는 피아노라는 밤하늘에 사랑과 외로움을 수놓지 말았어야 했다.

그때 이미 내 꿈이 정해져버렸기 때문이다. 많은 사람들이 '이루고 싶은 꿈'을 품을 때, 난 '지키고 싶은 꿈'을 품어버리고 만 것이다.

'이루는 길'에서 겪은 수많은 이의 삶의 지혜가 '이루고 싶은 이'에게 희망과 용기가 되고 있다. (자본주의 사회에 설득 당해 '이루고 싶었던 나'에게도 큰 힘이 됐다.)

눈시울을 붉히며 어린아이처럼 순수한 열정과 사랑을 논하는 나에게 많은 분이 책을 내보라고 권하셨다. '만약 이 시점에 글을 남긴다면 나는 어떤 글을 남겨야 하는걸까?' 오랫동안 고민했다.

'지켜내는 길'에서 보고, 듣고, 느낀 내 이야기들이 '지켜내려 애쓰는 이'에게 함께 울어주고 웃어주는 동료가 되었으면 한다. 다섯 살에 피아노를 만났지만 열두 살이 되어서야 꿈의 길에 나선 나는, 그로부터 22년이 지나서야 슬픈 일에 울지 못하는 나 대신 울어주고, 기쁜 일에도 조심스러워 웃지 못하는 나 대신 춤추며 기뻐해주는 동료들을 만났기 때문이다.

당신의 숭고한 노력과 희생 앞에 내가 앉아 있다.

글을 읽으면서 필자의 이야기를 곱씹는 대신 당신의 이야기에 귀 기울이기를 바란다.

그대의 이야기를 일일이 다 들어줄 수 없어 이 글을 남기기로 작정했기 때문이다.

쉽게 버린 꿈

라흐마니노프 전주곡 Op. 32, No. 5

2016년부터 해마다 7월, 나는 모교인 피바디음악원*Peabody Institute of The Johns Hopkins University*에서 열리는 아마추어 피아니스트를 위한 여름학교 'Piano at Peabody'에서 교수로 일하고 있다. 40대 이상의 아마추어 피아니스트들이 모이는 그곳은 은퇴 후 취미 생활로 피아노를 치는 할아버지, 할머니들로 북적인다. 소싯적에 전공하셨던 분들부터 간신히 악보를 보는 분들까지 다양한 레벨의 학생이 모여 일주일간 교수진의 리사이틀과 강의를 듣고, 마스터클래스(공개 레슨)에 참여해 연주하고 개인 레슨을 받는다. 그렇게 일주일간 공부한 곡들을 모두 한 꼭지씩 연주하는 학생 연주회가 피날레를 장식한다.

늘 또래 친구들이 가득했던 교정이 백발이 성성한 청춘들로 꽉 차 있는 광경은 매번 낯설다. 하루는 '플라자(건물과 건물 사이에 있는 야외 휴식 공간)'를 가득 메운 참가자들의 소란스러운 수다를 뚫고 몰래 빈 벤치에 자리를 잡았다. 앞으로 내가 살아갈 시간을 이미 지나온 이들의 대화는 분명 내가 모르는 지혜로 가득하리라.

일하는 척하며 노트북을 의미 없이 만지작거리던 나는 5분도 채 지나지 않아 웃음을 참느라 머리가 아프기 시작했다.

"제임스는 잘 치기는 하는 거 같은데…"

"잘 치기는. 그거 벌써 3년째 치는 거야."

"걔 벌써 세 번째 와이프잖아. 또 이혼할 거 같던데? 여자가 열 살 연하랑 바람났… 어머 어머 저기 온다."

"(시치미 뚝 떼며 사뭇 명랑하게) 제임스, 연습 끝났어? 얼마나 더 잘 치려고. 연습 좀 그만해!"

마치 다시 대학생이 된 것처럼 그렇게 풋내가 물씬 나는 뒷담화가 이어졌다. '나이 들어도 다 똑같구나.' 생각하며 자리를 뜬 나는 종일 예정된 레슨을 준비하러 스튜디오로 향했다.

첫 레슨부터 정~말 어려운 곡을 들고 와서 정~말 힘들게 한 음 한 음 가르쳐야 되는 레슨이 이어졌다. 심지어 리듬이나 자세를 고쳐주다 보면 "내가 이 나이에 허리가 펴지면 시집을 새로 갔지." 같은 답이 돌아왔다. 몇 마디 주고받다 보면 어느새 내가 혼나고 있는 험난한 시간들이 지나고 드디어 마지막 할아버지가 레슨실에 들어오셨다. 그런데 그 어렵다는 라흐마니노프의 전주곡

*S. Rachmaninoff—Prelude in G Major, Op. 32, No. 5*을 치시겠다는 것이다. '하아… 힘들겠구나.' 생각했는데 첫 음을 딱 치시는 순간부터 마지막 순간까지 눈물을 참느라 혼났다. 이 음이 떨어질까 애지중지, 안타까워하시면서 너무나 절박하게 연주를 하시는데 너무너무 잘 치시는 게 아닌가. 연주가 끝나고 여쭤봤다.

"할아버지 전공하셨죠?"

"응, 했어. 음대를 갔는데 선생님도 너무 무섭고 애들도 그렇고…. 내가 그릇이 안 되는 거 같더라고. 그만두고 의사 했어." (의사가… 그렇게 쉬웠던가.)

"간간이 피아노는 쳤는데 리타이어 하고, 응, 치고 있어. 근데 선생님, 내가 자꾸 팔이 아파. 테크닉에 문제가 있는 거 같애. 좀 봐줘요."

"할아버지 연습 얼마나 하세요?"

"한 10시간 하나?"

"왜 그렇게까지 하십니까? 연주 여행하고 다니십니까?"

"아니, 그때 내가 너무 쉽게 버린 꿈이 피아노를 치는 순간만큼은 보상 받는거 같아서."

말문이 막혔다. 부끄러웠다. 내가 과연 음악을 사랑한다 말할 자격이 되는가. 이분에게 내가 무엇을 가르칠 수 있을까. 연습 시간을 좀 줄여볼 것을 권고하며 기술적으로 도움이 될 만한 것들을 알려드렸다. "날개뼈를 모은다는 느낌으로 가슴을 열고 어깨에 힘을 뺀 다음, 몸통과 팔 사이의 간격은 45도 정도. 그렇게 든 팔과 손목, 그리고 건반이 평행을 이루는 것이 좋아요." 모든 관절이 막힘없이 연쇄 작용으로 움직여야 하는데 이분은 전완근과 손목에 힘이 많이 들어가 있었다. 전공하던 시절의 상처와 뒤늦은 학구열이 빚어낸 절박함이 긴장감으로 드러난 것이 아닐까 싶었다.

"할아버지, 너무 잘 치세요. 제가 지금 이 곡을 연습해서 이만큼 칠 수 있을까… 하는 생각이 들던 걸요. 우리 학교 다니는 전공생들이 이 연주를 들었어야 하는데…."

할아버지 얼굴에 태양이 깃들었다. 미간을 찌푸리고 손사래를 치면서 "말도 안 되는 소리 하지 말아요, 선생님!" 하셨지만, 아이처럼 환한 웃음이 얼굴에 번지고 있었다. 레슨이 끝나고, 할아버지를 배웅한 뒤 문을 잠그고 뒤돌아 기대어 섰다. 지난 60분을 복기했다. '내가 피아노를 그렇게 애틋하게 바라본 게 언제가 마지막이었을까.' 생각하며 영문을 알 수 없는 눈물을 쏟아내기 시작했다. 당시 스물여덟이었던 나는 '내일 모레면 서른인데 졸업을 했니, 콩쿠르를 우승했니, 돈을 벌기를 하니' 하고 조바심을 내며 야망을 불태워야 뭐라도 하나 더 할 거라는 생각에 부단히 애쓰고 있던 것이었다. 눈물을 멈추고 고개를 드니 반대쪽 벽에 거울이 있었다. 그 안에는 '피아노를 작게 만들 수 있다면 끌어안고 자고 싶다'던 한 소년이 전쟁 통에 폐허가 된 거리 한복판에 홀로 서 있었다.

피아노를 끌어안고 자고 싶던 소년

모차르트 소나타 No. 6, K. 284

"아들… 아들, 일어나봐!"

"읏… 따하… 왜…."

어머니께서 한참 달콤하게 자고 있는 나를 흔들어 깨우셨다. 늘어지게 하품하며, 왼손은 기지개를 켜고 오른손으로는 간신히 뜬 눈을 비비면서 일어나는 나를 알 수 없는 표정으로 잠시 바라보시던 어머니는 이내 실소를 터트리며 물으셨다.

"으이구, 피아노가 그렇게 좋아?"

"응? (하암…) 응… 작게 만들 수 있으면 끌어안고 자고 싶어!"

초등학교 6학년 1학기. 여의도에서 잠실을 오가며 평균 14시간 남짓 연습하던 어느 날, 잠결에 침대 머리맡에 있는 선반을 '우두두두, 우다다다' 두들기며 연습하는 소리가 어머니를 깨운 것이다.

다섯 살에 피아노를 처음 만났지만, 가족 중에 음악인

이 없어 재주를 알아본 분이 없었던 관계로 전공을 늦게 시작했다. 여덟 살이 되던 해, 어느 집에 놀러 가든 피아노만 있으면 앉아서 뚱땅거리며 노느라 정신이 없다는 이야기를 전해들으신 어머니는 우리집 베란다에서 내다보면 내부가 훤히 보였던 '백조 피아노 학원'에 보내주셨다.

2년이 지나 베토벤 소나타를 치던 어느 날(맞다. 체르니도 100번을 건너뛰고 30번부터 쳤는데 그 또한 다 하지도 않고 제멋대로 다른 형, 누나들이 치던 소나티네를 몰래 치기 시작했던 것이다. 때로는 '그래서 여태 손가락 독립운동을 졸업하지 못하는가' 하는 합리적 의심을 한다.) 어머니가 학원으로 찾아와 원장님을 만나셨다. 도대체 여기서 뭐 하는데 학원만 가면 집에 오지 않는 건지 물으러 오신 것이었다. 정말로 피아노만 쳤다는 사실을 아시게 된 어머니는, 당시 몸담고 있던 '예쁜 아이들'이란 어린이 합창단 학부모 중에 피아노 전공을 하신 어머니 한 분과 이 사태를 어찌하면 좋을지 상담하셨다고 한다. 그때 친구 어머니께서 "피아노를 한번 사줘 봐. 집에 피아노가 있으면 금방 싫증 나서 쳐다보지도 않을걸."하고 장담하셨는데 그 예언은 보기 좋게 빗나갔다. 이전까지 방에서 책에 파묻혀 나오지를 않아 제발 나가서 햇빛 좀 보라며 잔소리를 한 바가지 하시던 어머니가 이제는 방문을 잠그고 밥때고 뭐고 종일 피아노를 쳐대는 아들내미 때문에 동서남북으로 민원 전화를 받느라 정신이 없어지신 것이다.

그렇게 또다시 2년이 지난 5학년 2학기 어느 날, 부모님께서 나를 부르셨다.

“아들, 피아노가 정말 그렇게 좋아? 피아니스트가 되고 싶어?”

“네.”

“우리가 음악을 잘 몰라서 너에게 더 힘든 길이 될 수도 있어. 그래도 괜찮겠어?”

“네!”

“여기저기 물어봤는데 한국에서는 재능이 있는 아이들은 전부 중학교를 예원학교로 간대. 그래야 피아니스트로 성공할 수 있대. 오디션에 합격해서 들어가는 거야. 해볼래?”

“네!”

“떨어지면 결과에 깔끔하게 승복하고 공부하는 거야?”

“(잠시 생각해봤는데 근거 없는 자신감이 스멀스멀 올라왔다.) 네!”

후일담이지만, 어머니가 학원으로 찾아오셨던 그날 원장 선생님이 이렇게 말씀하셨단다.

“지금 피아노를 좋아하고 클래식에 관심 있을 때 하게 두세요. 결국 음악을 할 아이인데 끼가 많아서… 지금 안

시키면 나중에 딴따라*가 될 거예요."

그렇게 학원을 떠나 교수님 레슨을 시작하게 되었다. 10개월 뒤 오들오들 떨며 순서를 기다리는 내 눈앞에 예원학교 강당 문이 열렸다. 굳이 실명을 공개하지 않을 어느 유명 피아니스트의 스승님께서 당시 입시곡이었던 모차르트 소나타 1악장*W. A. Mozart—Piano Sonata in D Major, K. 284* 연주를 마치고 쇼팽 변주곡*F. Chopin—Variations in E Major, Op. Posth*을 준비하러 다음 시험장으로 이동 중인 나를 급히 찾아 세우셨다.

"모차르트 정말 잘 치더라. 나 OOO 선생님이야, 기억하니? 만점이야!(사실인지는 확인해본 적이 없다.) 쇼팽도 잘하고."

그 칭찬에 취해서 들떴을까, 한 번만 더 잘치면 수석할지도 모르겠다는 생각에 욕심이 들어가 온몸이 굳어버렸다. 그렇게 쇼팽은 첫 마디에서 미세한 흔들림이 있었고 이는 엄청난 긴장감을 초래했다.

그날 이후 나는 한 번도 무대에서 긴장한 적이 없었다.

아니, 착각은 자유였다.

* 당시 어르신들이 대중문화인을 일컫던 말이다. 재밌는 사실은 결국 내가 진정한 '딴따라'의 삶을 지금 살고 있다는 것이다.

두려움이 돌아왔다

흔히 말하는 순정만화 주인공의 손을 가졌다. 보기에는 참 좋지만, 선생님들이 자주 말씀하셨다. "참 쓸모없이 예쁘기만 한 손이야."

맞다. 피아니스트로서 핸디캡이 참 많은 손이다. 손가락이 길수록 좋은 건 사실이지만, 손바닥 폭이 같이 넓어야 많이 벌어지고 손가락 사이사이가 잘 찢어져야 힘을 잘 쓸 수 있다. 그런데 내 손은 폭도 좁고, 검지부터 약지까지 사이가 잘 벌어지지도 않는다(다행히도 엄지와 검지 사이가 옥타브 이상 벌어져서 어느 정도 힘을 쓰기는 한다.). 게다가 손이 엄청 얇은데 땀도 많이 난다. 손가락 무게만으로는 건반이 도저히 눌러지지 않아서 손이 접히는 손바닥 안쪽으로 해서 손목 안쪽까지 모든 근육을 지속적으로 동원해야만 소리를 낼 수 있다. 땀이 많이 나면 상대적으로 폭이 좁은 검은 건반에서 미끄러지기 십상이다. 그뿐이랴. 키는 큰데 허리는 너무 짧고 팔은 또 엄청나게 길어서(원숭이로부터 진화가 덜 되었나 생각하기도 한다.) 피아노 의자를 한참 높여놔야 겨우 매달리지 않는 상태로 연주할 수 있다. 팔만 긴가. 다리도 지나치게 길어서 악기가 항상 '가까이 하기에는 너무 먼 당신'이다. 한마디로 빛 좋은 개살구다.

이걸 극복하려면 앞서 말한 연습량이 필수였다. 늦게 시작하기도 했거니와 타고난 핸디캡들이 가져올지 모를 수만 가지 위험 요소를 제거하려면 머리를 엄청나게 써가면서 연습해야 했다. 예를 들면 검은 건반이 많은 곡을 연습할 때는 손가락 끝이 정확하게 건반의 중앙을 누르도록 두 눈을 부릅뜨고 연습한다. 어떤 각도에서 손끝의 어떤 부분을 이용해 타건을 해도 건반 중심에 정확하게 내려앉도록 연구하면서. 악보를 외우는 일에도 나름의 시스템이 있다.

① 악보를 통으로 외운다: 눈을 감고 악보를 그려서 처음부터 끝까지 막힘이 없을 때까지 외운다.
② 눈으로 외운다: 건반을 누르는 손을 보면서 어느 위치에, 어떤 포지션에서 건반을 누르고 있는지, 그 이미지에 어떤 소리가 나는지를 연계해서 외운다. 영화의 한 장면을 기억하듯이.
③ 왼손, 오른손을 따로 외운다: 각각 막힘 없이 연주가

될 때까지.

④ 코드로 편곡한다: 큰 기둥이 되는 화음으로 줄여서 그 코드 진행을 외운다.

⑤ 계이름으로 노래해서 외운다.

⑥ 구역을 나눈다: A, B, C 등으로 구간을 나눠서 순서를 바꿔 어떤 구간에서 시작해도 막힘 없도록 연습한다.

⑦ 딴짓을 하면서 연주한다: 다른 사람과 대화한다거나 딴 생각에 빠지는 등 집중을 흐트리고도 헷갈리지 않게 연습한다.

이렇게 해야 무대에서 자신감을 가질 수 있다. 여기서 간과한 사실 한 가지는 저 모든 집착의 원인이 두려움이었다는 것이다. 틀릴까 봐 불안해서 하는 연습은 마음이 불안해하는 상태를 반복적으로 연습하는 것이나 마찬가지라는 것을 모르고 있었다. 엄청난 연습량에 묻혀 늘 안정적인 연주를 해왔기 때문이다.

해외에서 시골로 연주를 다니면 가끔 연세가 가늠이 안 되는 신선 같은 분들을 만나게 된다.

"내가 젊었을 때 말이야… 로스트로포비치*Mstislav Rostropovich*, 첼리스트, *1927~2007*가 쇼스타코비치*Dmitri Shostakovich*, 작곡가, *1906~1975*의 첼로 협주곡을 초연하는 걸 봤거든…."

2016년 어느 날, 연주가 끝나고 관객 중 한 할머니가 양손으로 내 손을 지그시 잡아주시면서 말씀하셨다.

"내가 정말 수많은 전설의 연주를 직접 봤거든? 그 중에 호로비츠*Vladimir Horowitz,* 피아니스트, *1903~1989*의 실황 연주는… 레코딩이랑 달라. 실황으로 들어야 해. 그래서 그 연주를 죽을 때 가슴에 품고 가야지… 하고 다짐했단 말이죠. (도대체 이분의 연세는 어떻게 되시는 건가….) 그런데 오늘 그대 연주가 그 자리를 비집고 들어왔어. 생의 마지막 순간에 꼭 기억할게요."

이 엄청난 찬사를 어떻게 받아들여야 할지 몰라 어쩔 줄 모르던 찰나 한 가지 생각이 머릿속을 스쳤다. '오늘 연주가 정말 괜찮았나 보다. 잠깐… 오늘 어떻게 쳤더라?'

정말 아무것도 기억이 나지 않았다. 당혹스러웠다. 어찌어찌 인사를 잘 마무리하고 짐을 챙겨 집에 돌아와 씻고 침대에 누웠다. 아무리 생각해도 어떻게 연주했는지 단 한 음도 생각이 나지 않는 것이었다. '90분 남짓한 연주 시간 동안 나는 어디 있었던 거지? 내가 그 찬사를 받을 자격이 되나?' 하는 생각에 답을 찾아내느라 끝내 잠을 이루지 못했다. 새벽에 한 1시간쯤 잠깐 졸았을까. 눈을 뜨자마자 피아노 앞에 앉았다. 그리고 어제의 연주로 나를 다시 데려갔다. 첫 곡의 첫 페이지가 끝나기도 전에 알았다. 눈을 감고 오만상을 찌푸리며 몸을 손이 가는 방향과 반대 방향으로 피하면서 연주하는 나를 만났다. '여태… 숨어 있었나?' 하는 생각이 들었다.

일주일 뒤, 콩쿠르 현장. 해보고 싶었다. 콩쿠르는 1등을 하러 나가는 곳이다. 하지만, 지금 무너지지 않으면 앞으로의 콩쿠르도 가망이 없다고 생각했다. 무대에 올라 연주하면서 '눈 떠. 지금 여기 깨어 있어야지.', '손이 오른쪽으로 가잖아, 몸이 따라 가야지.', '인상 쓰지마, 여기 즐거운 감정을 노래하는 파트잖아.', '딴 생각하지 마, 돌아와.' 하고 다그치며 자신을 계속 현실의 벼랑 끝으로 몰고 갔다. 그랬더니 아주 신기한 일이 벌어졌다. 예원학교 입시를 준비하며 1년 동안 콩쿠르를 많이 나갔는데 나가는 무대마다 얼마나 떨었는지 오른발이 페달에서 자꾸 미끄러졌었다. 그때 그 모습이 그대로 돌아온 것이다. 사시나무처럼 떨리는 다리에 자꾸만 미끄러지는 오른발. 다행히도 큰 실수 없이 무대를 마치고 내려왔지만, 분명히 깨달았다. 그동안 내가 긴장하지 않았던 것은 현실에서 도망쳐 숨어 있었기 때문이고, 단 한 번도 내 두려움을 온전히 마주해 극복한 적이 없었다는 것을.

두려움이 돌아왔다. 인정했고, 온몸으로 부딪쳤다.

20대 후반이 되어서야 비로소 건반 위에서 '진짜 나'를 찾아가는, 비움의 여정이 시작되었다.

내 이름은 김성필

"내 다이아몬드, 내 루비, 내 사파이어…" 하며 안아주시던(지금도 가끔 안아주면서 같은 말씀을 하신다.) 어머니 덕분이 아니었을까. YMCA 아기 스포츠단 졸업식 전까지 나는 부끄러움을 모르는 자존감 그 자체였다. 호기심이 많아 산만하고, 해맑고, 놀려도 주눅 들지 않고, 목청도 좋고, "질문!" 하면 그냥 손을 계속 들고 있는 게 편했고, 장난끼도 다분했다. 거기다 당차기까지 했단다. 어머니의 기억이다.

졸업식 날 담당 선생님이 어머니들을 한 분 한 분 챙겨서 마지막 인사를 하셨는데 워낙 학부모가 많으니 나와 어머니를 본의 아니게 그냥 지나치셨다고 한다. 내가 그걸 보고 인상을 팍 쓰더니 그냥 돌아서서 가려고 하시는 어머니 손을 붙들고 선생님 앞으로 가서 "선생님, 우리 엄마예요. 인사하세요." 그랬다는 것이다. 선생님이 인사하시면서 "어머니, 성필이 키우기 힘드시겠어요. 너무 어른스러워요."라고 말씀하셨다고 한다.

그 모든 것이 졸업식 중 완전히 뒤집어졌다.

"아들, 개근상은 한 번도 수업을 빠지지 않아야 주는 상인데 우리는 몇 번 빠졌지? 그러니까 친구들이랑 잘 앉아 있다가 끝나고 만나."

그렇게 나는 우리 반 친구들 사이에 자리를 잡았다. 개근상 수여식이 시작됐다.

"○○○, □□□,··· 앞으로 나오세요."

상 받을 일이 없다 했으니 세상 걱정 없이 친구들과 떠들고 있었다. 그런데 갑자기 앞에 앉아 있던 친구가 다급하게 돌아보며 걱정스러운 표정으로 "나 지금 네 이름 들은 거 같아!"라고 하길래 "아니야, 엄마가 나 개근상 아니랬어."라고 대답했다. 그러나 오른편에 있던 친구가 "근데 나도 들은 거 같은데···." 하는 바람에 본격적으로 헷갈리기 시작했다.

때마침 호명된 사람이 나오지 않았는지 무대 위 선생님들이 두리번두리번 누군가를 찾고 계셨다. 그러자 친구가 안절부절못하면서 말했다.

"거 봐, 얼른 나가. 빨리!"

일어났다. 무대로 걸어갔다. 계단을 올라가니 내 이름을 물어본다. "김성필이요." 선생님들은 메달 사이에서 내 이름을 찾으셨다. '엄마가 아니랬는데 있을리가.' 생각했다. 선생님들이 미안해하시며 “이름이 잘못 호명됐나 보다. 메달이 없네.” 하고 자리로 돌아가라고 하셨다. 여기까지는 좋았다. 그러나 무대를 막 내려가려고 하는 순간 사회자가 말했다.

“아이고, 우리 친구가 상이 엄청 받고 싶었나 보다. 그냥 가면 어떡해. 이리 와요. 와서 인사하고 내려가야지. 차렷. 인사.”

지금도 잊히지 않는다. 무대에서 내려다본 객석에 꽉 찬 수천 명의 아이와 학부모. 그리고 그들의 웃음소리. 머리가 큰 지금은 안다. 귀여워서 웃은 거라는 걸. 하지만 일곱 살의 김성필은 그 순간이 너무나 수치스러웠다. 창피함에 새빨개진 얼굴로 시키는 대로 인사하며 ‘난 상이 받고 싶어서 올라온 게 아닌데 왜 저렇게 말하지? 지가 뭔데 날 웃음거리로 만들어. 앞으로는 비웃으면 비웃었지 다시는 웃음거리가 되지 않을 거야.’ 하고 다짐했다. 바로 그날 저녁부터 나는 방에서 나오지 않는 책벌레가 되었고, 웃음거리가 될까 봐 질문하지 못하는 아이가 되었고, 완벽하지 않으면 자신을 학대하는 아이가 되었다(시험 문제 하나 틀렸다고 시험지를 박박 찢어 불태우고 펑펑 울며 소리를 지르면서 ‘같은 실수 두 번은 절대 안 해!’라고 되새기기가 여러 번이었다.).

지금껏 변하지 않는 완벽주의적 성향과 성실함의 시작

이기도 했지만, 동시에 모든 자존감이 한 번에 무너지며 아무도 눈치채지 못하는 작은 실수 하나에도 죽을 것처럼 괴로워하는 집착의 시작이기도 했다. 내가 실수가 있다고 생각하면 어떤 칭찬도 믿지 못하게 됐고, 연주가 좋았다며 감동을 표현하는 사람들에게 그날의 연주는 내 최선이 아니었음을 사과하는 습관이 생겨버린 것이다.

오른쪽으로 김△△, 앞으로 주○○. 오죽하면 그들의 이름을 지금까지 기억할까.

미워해서 기억하는 건 아니다. 선명하게 남아 있는 얼굴만큼 어떻게 지내는지 궁금하고, 어디서든 건강하고 행복하게 멋진 삶을 살고 있기를 바란다.

네 손을 떠난 연주는

라흐마니노프 협주곡 No. 3

피바디음악원 1년 차. 누가 봐도 같이 있으면 친척이냐고 물어볼 정도로 분위기와 얼굴이 많이 닮은 형이 한 분 계시다(나이 차이가 좀 나서 친형 같은 형인데도 여태 높임말을 쓰고 있다.). 형은 홍익대학교 건축학과를 나온 음향*acoustics* 전공으로 악기 전공이 아니었지만, 클라리넷과 피아노가 수준급으로 클래식에 대한 조예도 웬만한 전공자보다 훨씬 뛰어난 사람이었다(예를 들어 베토벤 피아노 소나타 7번에 꽂혔다 하면 존재하는 모든 피아니스트의 레코딩을 다 찾아 들어보는 사람이다.).

머릿속에 복잡한 생각과 고민이 가득한 내 이야기를 들어주는 사람이 하나도 없었는데 이 형은 그 이야기를 굉장히 재밌게 다 들어줬다. 지금도 가끔 이야기한다. 음악 하는 사람이 어떤 고민을 하고 살고, 어떤 생각의 회로를 가지고 사는지 궁금했는데 그걸 가감 없이 다 떠들어대서 본인은 참 재밌었다고.

지금 생각해보면 참 신기한 인연이다. 학부 1학년, 고작 열아홉 살이었던 나와 일곱 살 차이니까 이미 스물여섯. 이십대 후반으로 달려가던 형이었지만, 지금 내 나이를 고려해보면 이 형은 삼십대 중반인 지금의 나보다 훨씬 성숙한 이십대를 살고 있지 않았나 하는 생각이 든다. 그때 우리의 대화는 음악, 철학, 영성, 교육 등 경계 없이 밤새 이어졌다.

당시 피바디음악원은 '엘더호스텔*Elderhostel*' 이라고 해서 평생교육원 같은 프로그램을 진행했다(지금은 사라졌다.). 연세가 정말 많으신 할머니, 할아버지들이 학생으로 참여하시는데 프로그램의 일부로 학교 학생의 리사이틀을 구경 오셨다.

때는 학부 2학년. 스위스의 제네바콩쿠르를 준비하며 라흐마니노프 피아노 협주곡 3번*S. Rachmaninoff—Piano Concerto No. 3 in D minor, Op. 30*을 새로 배워 준비 차원에서 학생 리사이틀을 올렸다(큰 무대에서의 협연을 준비하는 방법 중에 하나로 오케스트라 파트를 피아노 반주로 대체하여 연주한다.). 연주가 끝나고 엘더호스텔 학생이셨던 할머니 한 분이 무대 뒤로 찾아오셨다.

"어떻게 그렇게 어린 나이에 이렇게 잘 쳐요. 가볍고 섬세한 터치로 연주하는데도 얼마나 심장이 뛰던지…!"

칭찬을 의심하는 나는 사실 그날의 연주가 맘에 들지

않았다. 그 악명 높은 난곡을 불과 3주 만에 무대에 올린 것이다 보니 긴장이 더해진 손이 말을 듣지 않은 구간이 몇 군데 있었던 것이다(곡을 아는 분들은 아시겠지만, 원래 오케스트라 파트가 거대하고 시끄러워서 사실 솔로 파트는 멜로디만 틀리지 않고 크게 쳐도 실수가 잘 안 들리는 곡이다.).

"아이고, 아니에요. 오늘은 정말 제 베스트가 아니었어요. 불필요한 실수가 많았어요. 다음에 더 좋은 연주를 들려드릴게요!"

그 순간 옆에 서 있던 형이 진지하게 쳐다보며 복화술로 말했다.

"성필아, 이따 나랑 얘기 좀 하자."

별다른 뒤풀이가 없어서 형을 바로 만났다.

"너 말을 왜 그렇게 하니."

"네?"

"네 연주에 감동 받은 사람한테 네 연주가 최고가 아니었다고."

"…?"

"그건 겸손이 아니야. 네가 그렇게 말하면 감동 받은 사람의 귀는 뭐가 돼."

"…!"

"네 손을 떠난 연주는 네 것이 아니야. 네 부족함은 연습실에서 해결하면 되는 거고. 무슨 권리로 네가 관객의 감동을 뺏어."

내 오만을 지적해준 그때의 애정 어린 채찍질을 잊지 않고 있다. 그리고 그날 연주에서 죄책감과 부끄러움이 있었다면 그날 밤 또는 다음날 오전에 바로 해결한다. 그 자리에 있었던 관객들이 다음 연주에 찾아와 내게 만회할 수 있는 기회를 주시기를 간절히 바라면서.

그냥 듣기만 해봐

쇼팽 피아노 소나타 No. 3

한번 생각해보자. 이 글을 읽는 그대는 학창 시절 수업 시간에 질문을 즐겨 했는가. 살면서 온 마음을 다해 준비한 것을 평가 받기 위해 발표해본 적이 있는가.

평소에 막힘 없이 술술 청산유수이던 이들도 시선이 모이면 긴장하고 말을 더듬는 경우를 주변에서 자주 봤으리라 짐작해본다. 아마 그 주인공이 그대였을까. 등이 흥건하게 젖은 그 처음이 트라우마가 되어 전화로 음식을 주문하는 것조차 두려워 하게 된 사람도 있을 것이다(사실은 내가 좀 그런 편이다.). 그 어려운 일을 빠르면 다섯 살 때부터 일주일에 한 번씩 하는 예체능 종목이 하나 있다. 바로 음악이다.

레슨이란 동서양을 막론하고 공포의 대상이다. 많이 배우는 곳이지만, 동시에 내 모든 자아가 처참하게 부서지는 곳이기도 하다. 여러 가지 이유가 있겠지만, 가장 흔한 원인은 무서운 선생님이다. ("나가!"를 한 번도 들어보지 않은 연주자는 없으리라 본다.) 선생님이 무서운 이유는 나보다 지식과 경험이 많고, 그분의 승인을 받아야 대회도 연주도 오를 수 있는 구조이기 때문이다. 물론 본인이 하고 싶은 대로 해도 되기는 하지만, 내 자식을 내보내는 스승이 부족하다고 여기는 연주가 밖에 나가서 좋은 평가를 받을 가능성은 매우 희박하다. 피아노 한 대, 많아야 두 대가 들어가 있는 그 작은 공간에서 하늘이 수백 번씩 무너지고 재건되는 경험을 거쳐 연주자가 탄생한다.

2014년 9월, 새학기가 시작됐다. 박사 과정을 시작하며 새로운 교수님을 만났다. 은색 곱슬머리에 큰 키, 훤칠한 외모에 언제나 웃는 얼굴. 쇼팽 스페셜리스트로 지금까지 스트라스모어*Strathmore*홀에서 전곡 연주 시리즈를 이어가는 피아니스트 브라이언 갠즈*Brian Ganz*. 나중에 알고 보면 따듯하고 인품이 훌륭하신 분이더라도 음악 교수님들은 대체로 카리스마가 넘치고, 사회성이 결여된 듯 뭔가 어색한 기류가 흐르거나 아주 외향적이고 독특한 존재인 경우가 대부분인데 갠즈 교수님은 달랐다. 세상이 언제나 꽃밭인 것처럼 그는 항상 친절하고 수용적이며 고요한 상태를 유지하는 사람이었다. 2020년 졸업할 때까지 난 한 번도 이분의 고요함이 흐트러지는 걸 본 적이 없다.

잔뜩 긴장한 채로 첫 레슨을 들어갔다. 준비한 곡은 쇼팽의 피아노 소나타 제3번*F. Chopin-Piano Sonata No. 3 in B minor, Op. 58*으로 첫 네 음부터 연주자를 '틀리면 어떡하지' 하는 두려움에 몰아넣는 악명 높은 명곡이다. 꽤 오랜 시간 여러 선생님들의 레슨을 받았고 콩쿠르 무대와 연주를 함께해온 곡이었다. 30분에 달하는 곡의 연주가 끝났다. 보통은 이 타이밍에서 간단한 총평과 함께 '이 잡기'가 시작된다. 하지만 이분은 전혀 그럴 생각이 없는 듯 의자를 내 쪽으로 틀어 앉아 씩, 웃어 보이더니 대화를 신청했다.

"정말 좋은 피아니스트네! 준비가 정말 잘돼서 연주는 걱정 안 해도 될 거 같아. 물어보고 싶은 게 있는데 혹시 너무 사적인 부분이라고 생각하면 말하지 않아도 돼."

"네."

"피아노를 연주하는 동안 기분이 어때? 행복해?"

"..."

'이건 뭐지?'

피아노를 연주하는 '동안'의 내 상태를 돌아본 적이, 돌아볼 생각조차 해본 적이 없었더랬다. 그대로 말문이 막혀버렸는데, 선생님은 그런 나를 온화한 얼굴로 응시하며 대답을 기다렸다. 마침내 입을 열었다.

"아니요. 생각해본 적이 없어요. 생각하고 지켜야 할 게 많아서 머릿속이 시끄러워요. 의도대로 완벽하게 나지 않는 소리도 많아서 절망을 느끼고, 고쳐야 할 것들을 기억하느라 정신이 없죠."

"와… 정말 솔직하다. 있는 그대로 말해줘서 고마워. 나도 들으면서 그렇게 느꼈어. 자신에게 엄격한 건 아주 좋은 재능이야. 끊임없이 발전할 수 있지. 그런데 여기서 중요한 건 음악을 사랑하는 네 마음과 자아 비판적인 면이 함께 성장하지 못했다는 거야. 순수하게 음악을 즐기는 마음, 그걸 같이 키워서 균형을 맞춰보자."

"악보를 보는 순간 수만 가지 생각과 두려움이 교차하는 걸요."

"음… 여기, 3악장(느린 악장으로 아름다운 멜로디와 화음이 돋보이는 곡이다.) 마지막 페이지를 다시 연주해 볼래? 건반 위에서 무슨 일이 벌어져도 그 어떤 판단도 하지 않고 그냥 '듣기만 하고' 치는 거야. 아무 생각하지 말고 듣기만 해."

자신이 없었다. 그 순간에도 건반을 바라보며 손바닥의 어느 근육을 써서 각 손가락의 무게와 속도를 조절해야 원하는 소리가 날 건지 계산 중이었기 때문이다. 잠시 숨을 고르고, 연주하기 시작했다. 역시나 첫 음부터 인상이 찌푸려지는데 무시해야 했다. 그러자 조금씩 소리가 조금 더 귀 안쪽에 머물기 시작하는 감각이 느껴졌는데 그게 맞는 감각인지도 모르겠어서 더 짜증이 나려고 했다. 2분 남짓한 그 시간에 참을 인 자를 몇 번을 썼는지 모르게 연주가 끝났다. 조용했다. 1분이 지나고 2분이 지나고… 초조해지기 시작했다. 하지만 부정적일지 모를 그의 반응이 두려워서 차마 그 정적을 깨지 못했다. 결국 '그럼 그렇지. 심각한가 보다. 첫날부터 이게 뭐람….' 하며 자포자기의 심정으로 용기를 내 선생님을 바라봤다. 아… 눈앞에서 벌어진 광경을 믿을 수가 없었다. 선생님이 눈에 눈물이 고인 채로 악보 한 번, 나 한 번. 이렇게 연신 번갈아 가며 쳐다보고 계신 것이었다.

"거 봐. 내가 말했잖아…. 이렇게 아름다운 음악이 네 안에 있는데. 이거야! 아… 정말 아름답구나…." 하시며 울먹이시는 것이었다.

"이미 네가 나보다도 많은 걸 알고 있고 실력도 나보다 좋아서 내가 뭘 가르칠 수 있을까 싶지만… (웃음) 앞으로 계속 내게 이런 연주를 들려줄래? 함께 즐기는 친구가 되어줄게."

그렇게 믿을 수 없이 설레는 약속을 뒤로 하고 레슨실을 나왔다.

맞다. 나는 '누구보다 잘 치기 위해서' 피아노를 시작한 게 아니었다. 음악이 나를 미치도록 설레고 기쁘게 하는데 그 엄청난 감동을 소개하고 같이 즐기고 싶었을 뿐이었다. 그 마음을 바라봐주고 함께해주는 이가 없어서 늘 홀로 남겨진 것 같았던 내게 드디어 친구가 생겼고, 그 친구가 내면에 감금되어 있던 아이를 풀어줬다. 쇠창살이 사라졌는데도 그 반경을 넘어가는 것이 쉽지 않았지만, 일단 그것으로 충분했다. 언제든 걸을 수 있는 '자유'가 내 발걸음을 기다리고 있었다.

한번 해봐!

번스타인 치체스터 시편

"@#$#%@#$#$^@##$%^%^&"

"sdkjfhaskdjghksjfdhgsdfG"

방금 막 청소를 끝내 레몬 향이 살짝 풍기는 복도를 지나는 내 귀에 들려온 소리다. 미국 뉴저지주 공립고등학교*Northern Valley Regional High School at Demarest*에 처음 입성하여 대공연장으로 수업을 들으러 가는 길이었다. 영어를 한마디도 못 하는 상태로 이곳에 떨어진 나는 바보가 된 것 같은 절망감에 휩싸여 겨우 15년 차의 통밥을 굴려 가까스로 하루를 보내고 있었다. 수업을 짜는 시간에 나는 뭐든 내가 알아듣는 언어를 하는 시간이 필요하다고 생각했고, 그렇게 합창 수업을 신청했다. 학교의 왼쪽 끄트머리에 음악부가 있었는데 레노베이션 공사가 한창이라 대공연장에서 음악부 수업이 한 달 정도 이어졌다.

나는 합창 수업에 들어가면 피아노를 칠 수 있을 거라 생각했다. 반주자를 필요로 하니까. 그러나 웬걸. 이 동네

(데마레스트)에서 중학교 때부터 합창 수업 반주를 도맡아 하던 친구가 있었다. '재 잘 치나' 고양이 눈을 하고 살펴보며 테너 섹션에 앉아 노래하며 첫 수업을 마쳤다. 그 친구가 마침 한국인이어서 나를 합창부 지도 선생님에게 소개해줬는데 선생님 반응이 걸작이었다. "응, 그래서? 반주는 네가 칠 만큼 어려운 거 없으니까 너는 노래 배우면 되겠네." 하시고는 그냥 돌아서서 가시는 것이었다. 영어가 부족하니 달리 방법이 없었다. 무작정 피아노에 앉아 쇼팽의 〈안단테 스피아나토와 화려한 대폴로네이즈 *Andante Spianato and Grande Polonaise Brillante, Op. 22*〉를 연주하기 시작했다. 아직 집에 안 가고 홀에 남아 있던 친구들과 그 근처 복도를 지나던 학생들이 몰려들었다. 일어나서 선생님을 한 번 노려보고는 애써 부끄러운 척하며 홀을 나왔다. 원래 반주하던 친구를 비롯, 학교의 모든 사람이 나를 앞에 두고 피아노를 치는 게 이상한 일이 되었다. (맞다. 나이가 들어서 제법 절제가 되는지는 모르지만, 워낙 잘난 척하기 좋아하고 오만방자한 편이다.) 그렇게 굴러온 돌이 박힌 돌을 밀어내고 말았다.

뉴저지주 대부분의 공립학교는 크게 가을 학기, 봄 학기 둘로 나뉘어 있는데 합창부는 학기마다 두 번씩 공연한다. 첫 번째 공연에 부를 새로운 노래를 받은 날이었다. 선율이 너무 좋았다. 가톨릭 전례의 일부에서 떼어 온 가사로 〈감사하나이다*Gratias agimus tibi*〉라는 노래였는데 반주도 구조도 아쉬운 게 너무 많았다. 그래서 한참을 고민하다 다음 날 수업 때 준비해 간 불완전한 영어로 제안했다.

"선생님, 제가 이거 편곡해봐도 될까요?"

"오케이. 한번 해봐."

그렇게 그 곡은 차이코프스키 피아노 협주곡을 연상하게 하는 전주에서 솔로 세 명이 가미된 곡으로 재탄생했다. 공연이 끝나고 선생님이 물으셨다.

"너 아예 창작곡을 만들어보는 건 어때?"

"네?"

"편곡하지 말고, 새롭게 작곡을 해보라고!"

하버드 음악사전을 펼치고 필요한 악기들의 음역대를 공부해가며 곡을 쓰기 시작했다. 아카펠라부터 오케스트라 또는 관악 앙상블의 반주로 완성되는 합창곡들까지 다양한 곡을 썼다. 학교에서 전부 초연되었고, 심지어 해마다 내 곡들로 대회에 나가서 상을 휩쓸어 왔다. 모든 것이 맞아 떨어졌기에 가능한 일이었다. 공립학교지만 맨해튼에서 허드슨강만 건너면 있는 동네라 음악 교육 수준이 높아서 노래를 잘하는 친구가 많았다. 뭐든지 부를 수 있는 능력이 되는 합창단이었고 거기에 무엇이든 도전하고 연주할 준비가 되어 있는 선생님이 수장이었다. 내 본업은 피아니스트가 맞지만 작곡 활동도 꾸준히 이어가는데, 따지고 보면 고등학교 때부터 20년간 곡을 써 온 셈이다. 최근에 만나 작곡 의뢰를 하시길래 옛날 이야기를 하며 그 시절에 대한 감사를 전했더니 돌아온 대답이 역시 걸작이다.

"네 덕분에 〈베토벤 합창 환상곡*L. v. Beethoven—Choral Fantasy, Op. 80*〉이나 레너드 번스타인*Leonard Bernstein*의 〈치체스터 시편*Chichester Psalms*〉 같이 다른 학교에서는 엄두도 못 내는 곡들을 지휘해볼 수 있었고, 학생들도 특별한 추억과 자랑거리가 생겼잖아? '우리 때는 동기가 작곡한 곡들로 연주하고 경연해서 우승했어!'라는 경험. 창조적 삶을 함께 만들어가는 거. 그게 교육 아니겠니."

"너는 반항적 기질이 다분해서 남의 것만 하고는 못 산다니까?!"

레슬리 맥퍼슨*Leslie MacPherson* 선생님 덕분에 지금의 내가 있다.

결국 다시 피아노로 돌아오게 될 거야

라벨, 〈밤의 가스파르〉

“제발 성필이를 그 합창부 활동에서 좀 놓아주지 않겠어요?”

줄리어드예비학교 스승이었던 마틴 캐닌*Martin Canin* 교수님이 레슬리 맥퍼슨 선생님에게 하신 말씀이다. 지도 교수 입장에서는 너무나 당연한 일이다. 키우고 싶은 녀석이 하나 들어왔는데 합창 작곡에, 뮤지컬에 빠져서 연습을 통 안 하는 거다. 얼마나 답답하셨으면 저런 부탁을 하셨을까 싶다. 고등학교 3학년 때 일이었는데(미국은 고등학교 과정이 4년이다.) 입시를 앞두고 고민이 많으셨던 것 같다. 하지만 레슬리 선생님은 말씀하셨다.

“그건 성필이의 선택이죠. 누구도 그에게 가야 할 길을 강요할 수 없어요.”

맞는 말씀이다. 나를 아끼는 두 세계관이 각자의 관점에서 충돌했을 뿐 두 분 다 너무나 훌륭한 교육자였다. 이후 한 달여간 나를 지켜보시던 캐닌 선생님은 내가 결국 변하지 않을 거라 생각하셨던 듯하다.

"지금 네 마음이 피아노 앞에서 더 힘들다는 걸 알고 있어. 하지만 나는 네가 결국 피아노로 돌아올 거라고 믿어. 그래서 숙제를 주기 시작할 거야."

레슨 스타일이 바뀌었다. 리듬 하나도 반의 반으로 쪼개서 조금이라도 흔들리면 될 때까지 하나하나 꼼꼼하게 가르치시던 분이 쭉쭉 전체적 흐름과 그림을 그리는 법만 떠먹여 주기 시작하셨다. 속도전이었다.

"다음 주까지 모차르트 소나타 세 개를 배워 와. 아, 그리고 라흐마니노프 〈파가니니 랩소디〉도 같이 준비해와."

말도 안 되는 일이었다. 초견이 원래 나쁘지 않았지만, 그닥 훌륭하지 않아 안 그래도 자존심이 상해 있던 참이었다. 줄리어드예비학교를 먼저 다니던 고등학교 선배가 있었는데 일본인 혼혈이었다. 전공할 사람도 아니었는데 피아노 실력도 출중한 데다 초견까지 좋아서 한창 시샘 중이었던 것이다. 이왕 이렇게 된 거 한번 달려보자. 그래서 그 길로 줄리어드도서관을 찾아가서 무작위로 피아노 작품들을 빌려 나오기 시작했다.

① 첫 다섯 마디를 눈으로 보며 머릿속으로 연주하고 거기까지 읽으며 연주한다.

② 첫 마디를 먼저 보고 연주를 시작함과 동시에 다음 마디를 읽는다.

③ 첫 줄을 머릿속에서 외우고 연주한다.

④ 한 손으로 한 마디씩 가려가며 한 손씩 연주한다.

⑤ 눈으로 코드를 분석하고 진행을 외워서 연주한다.

이외에도 여러 가지 기상천외한 방법을 고안해가며 초견을 연습했다. 지금의 초견 실력은 상상에 맡기겠다. 하하. (원래 뮤지션의 필력은 잘난척에서 나오는 것이라 들었다.) 아무튼 그 다음 주 모차르트 세 곡과 라흐마니노프 협주곡 숙제를 해가자 순식간에 작곡가의 특징과 이 곡에서 꼭 알아둬야 할 것들을 설명하시고는 "다음 주에는 라벨의 〈밤의 가스파르*M. Ravel—Gaspard de la nuit*〉 전 악장을 배워 와." 하시는 것이었다. 10개월 정도 이런 레슨이 이어졌다. 결론적으로 나는 10개월 동안 모차르트 소나타 전곡, 쇼팽 프렐류드 전곡, 드뷔시 프렐류드 전곡, 베토벤 초기, 중기, 후기를 대표하는 소나타 세 곡씩, 이외 수많은 난곡과 함께 라흐마니노프 협주곡 2번과 3번 등 어렵기로 소문난 곡들을 전부 훑었다.

대학 입시에 생각지 못한 난관이 많았다. 갈 곳이 없었던 찰나 존스홉킨스대학 피바디음악원의 문용희 교수님께 용기를 내어 보냈던 이메일 한 통으로 다시 피아노 앞에 앉았다. 그리고 1년 만에 깨달았다. 캐닌 선생님은 알고 계셨던 것이다. 얼마나 걸릴지 모를 방황의 시간이 끝나면 나는 다시 피아니스트의 길을 걸어가리라는 것을. 그때를 대비해 어떤 시대의 작품이든 기본적으로 익혀두면 좋을 기초들을 준비해주셨던 것이다. 이후 10년여간 국제 콩쿠르에 줄기차게 참가하며 콩쿠르 하나당 보통 3~4시간 정도의 프로그램을 준비했는데 거의 모든 콩쿠르에 다른 곡으로 출전했다(지정곡을 제외하고는 가장 잘 완성해 오랜 시간 여러 번 연주해온 곡들 위주로 프로그램을 짜는 게 정석이다.). 캐닌 선생님의 스피드 트레이닝이 초견을 놀랍도록 향상시킨 것도 사실이지만, 선택해야 했던 웬만한 참가곡 중 악보를 한 번도 보지 않은 곡이 없었다고 보는 게 더 정확하다. 급하게 배워서 기억이 나지 않을지언정 한 번 이상 레슨을 받았던 곡이 대부분이었기 때문이다. 돌아오느라 뒤처진 레이스를 금방 따라잡을 수 있었던 데는 캐닌 선생님의 공이 지대하다.

살아 있는 전설 중 하나인 블라디미르 아쉬케나지 *Vladimir Ashkenazy*의 카네기홀 대공연장 콘서트와 같은 날 같은 시각, 바로 옆 리사이틀홀에서 치러진 그의 데뷔 무대에서 아쉬케나지를 뛰어넘는 호평을 받았던 이 댄디하고 속깊은 피아니스트 마틴 캐닌은 2019년 5월 세상을 떠나셨다. 줄리어드예비학교를 졸업하고도 여름마다 보드윈국제음악페스티벌*Bowdoin International Music Festival*에서 뵐 수 있었는데, 내가 유명 연주자의 대타로 급하게 투입되었던 2010년 페스티벌의 마지막 교수 연주회, 그때의 재회가 특별히 기억에 남는다.

"이제 다시 제자리를 찾았구나. 이게 내가 알아본 너지."

무대 뒤로 제일 먼저 달려와 귓속말로 전해주신 이 칭찬이 내가 들은 선생님의 마지막 말씀이 될 줄이야.

왜 저는 선생님께는… 항상 늦는 걸까요. 많이 늦은 감사를 이렇게나마 하늘에 띄웁니다.

JUST LIVE WITH IT!

쇼팽 발라드 No. 4

"성필, 내일 밤 쇼팽의 발라드 4번 *F. Chopin—Ballade No. 4 in F minor, Op. 52*을 연주해야 한다면 할 수 있어, 없어?"

"내일 밤이요? 음… 근데 무슨 일이신데요?"

"Yes or No?"

"Yes!"

2010년 보드윈국제음악페스티벌. 6주간 진행되는 페스티벌 중 다섯 번째 주 월요일 저녁, 친구들과 거하게 랍스터를 먹고(페스티벌이 열리는 메인주는 랍스터가 유명한 동네다.) 유명한 젤라또 가게에서 아이스크림을 먹으며 와인을 한 잔 할까 말까 고민하던 찰나 문용희 교수님으로부터 전화가 왔다. 마지막 주 교수 연주회에서 쇼팽을 연주하기로 한 유명 연주자가 갑작스레 일정을 취소하게 되었는데, 마침 그날 오후 학생 연주회에서 쇼팽의 〈폴로네이즈 판타지〉를 연주하는 나를 보신 페스티벌 음악 감독님이 "저 아이 다음 주에 무대에 올릴 수 있어요?" 하고 선생님께 연락을 한 것이었다. 나중에 말씀해 주셨지만, 이미 너무 당연하게 "걔는 내일도 연주할 수 있어요."라고 대답하시고는 내 자신감을 확인하려고 저렇게 물으신 것이었다.

불과 3년 전, 이래저래 꼬여 복잡한 상황에 진학할 대학이 없었던 나는 5월 추가 오디션이 열리는 음대를 찾아봤다. 피바디음악원이 그중 하나였는데 교수진을 확인해 보니 내가 보드윈페스티벌에서 마스터클래스에 참여했던 문용희 교수님이 계시는 것이었다. 절박한 장문의 이메일을 보냈는데 돌아온 대답은 "전화번호가 뭐니?"였다.

"여보세요. 응, 당연히 기억하지! 〈밤의 가스파르〉를 연주했던. 그때 내 레슨실 앞에서 기다리지 않았니."

맞다. 선생님의 마스터클래스에서 라벨의 〈밤의 가스파르〉를 연주했는데, 손이 원체 가벼워 힘주어 돌려도 부드러운 소리가 나는 바람에 그렇게 들리셨는지 "너는 이 곡이 쉽구나?" 하고 레슨을 시작하셨더랬다. 그때까지만 해도 또 한 분의 한국 교수님이겠거니 했는데 한 외국인 친구가 이분은 피아노 페다고지의 신이라며 레슨을 따로 한번 꼭 받아보라고 하는 것이었다. 궁금했다. 일단 선생님 숙소로 전화했다. 선생님의 남편이신 지휘자 이대욱 교수님이 전화를 받으셨다.

"어, 누구? 그렇구나. 아직 ○○ 건물 몇 호에서 레슨

중일 거예요. 한번 찾아가 봐요."

레슨실을 찾아갔다. 작은 유리 창문 사이로 열정적으로 레슨 중이신 선생님이 보였다. 혹시나 방해가 될까 눈에 띄지 않는 각도를 찾아 바닥에 앉았다. (복도에 의자가 없었다.) 그 레슨이 끝날 때가 되니 다음 학생이 또 나타났다. 그렇게 한 3시간을 기다렸나 보다.

"(문을 열고 나오시다 깜짝 놀라서) 어머! 여기서 뭐해? 여태 기다린 거야? (킥킥 웃으시며) 잠깐 들어와요."

선생님 레슨을 제대로 꼭 받아보고 싶었다고 말씀드렸더니 바로 시간을 쪼개어 이틀 뒤 레슨을 잡아주셨었다.

그때의 당돌함을 기억하셨던 선생님은 그해 마침 학부생을 아무도 받지 않으셨고, 그렇게 내가 스튜디오 막내로 피바디에 입성해 무려 7년을 함께하게 될 줄 누가 상상이나 했겠는가. 피바디에서의 첫 레슨을 기억한다. 30분에 달하는 슈만의 〈카니발*R. Schumann—Carnaval, Op. 9*〉을 쭉 연주했다.

"(진심으로 어리둥절해하시며) 뭐하세요?"

"네?"

"30분째 거기 '앉아' 있었어. (킥킥 웃으시며 익살스럽게) 피아노 안 치고 뭐하세요?!"

"(다시 첫 줄을 연주하자) 그건 소리가 아니야. 하하하. 다시 해보자. (손을 들어올리자 탁 잡으시며) 준비부터 틀렸어."

소리를 준비하는 법, 내는 법, 듣는 법, 내 몸의 근육을 알고 느끼고 쓰는 법 등 정말 세세한 레슨이 이어졌다. 이렇게까지 다양한 각도로 손을—손끝의 면적을!—이용할 수 있다는 사실을 배우며 선생님이 열어주신 새로운 세상에 푹 빠져들었다.

"다른 손가락은 뭐하세요? 놀고 있지 말고 된장, 고추장 냄새를 맡고 있으란 말이야."

"마디만 넘어가면 자꾸 쉬었다 가는데, 그렇게 편안하고 싶으면 침대에 누워 있어."

"귀로 듣는 게 아니야. 어깨가 귀라니까? (어깨를 두드리며) 귀가 여기 있네?"

"일어나 봐. (바르톡 소나타 3악장을 레슨하며) 강박에 뛰고 약박에 앉아 봐. (큭큭 놀리시며) 부끄러워? 그거 제대로 할 때까지 여기서 못 나가."

그러던 어느 날 갑자기 음악에서 사라지지 않는 내 슬픔에 대해 물으셨다. 진짜 내 슬픔이었는지, 그래 보이는 게 뭔가 아티스트다워 보일 거 같아서 드라마틱하게 살을 붙였는지 모르겠지만, 어찌 됐든 살아온 시간에 대한 여러 이야기를 풀어놓았다.

"O My Gosh. 여태 너무나 다 잘 이겨내 왔잖아. 그럼 이 정도는 이제 JUST LIVE WITH IT! (그냥 끌어안고 살아!)"

Just live with it. 위기의 순간에, 자존감이 떨어지는 순간에, 분노가 치미는 순간에 그 모든 감정을 한 번에 내 손바닥 안에 올려놓는 주문이다. 놀라운 지혜다. 뭘 자꾸 극복하려 하는가. 맞서 싸울수록 실타래는 더 복잡하게 꼬일 뿐이다.

그렇게 3년의 시간이 흘러 갑작스레 교수 연주회에 소환된 내게 특훈이 시작됐다. 매일 아침 첫 레슨으로 마음에 드실 때까지 시키고, 잘 소화하고 나면 또 더 깊게 연구하고. 선생님은 늘 그런 분이셨다. 학생을 위해서라면 공항에서 내리자마자 캐리어를 끌고 학교로 바로 오시는 분이었다. (본인 연습도 게을리하지 않으셔서 중요한 일정 변경이나 말씀이 새벽에 문자나 음성 메시지로 들어와 있었다. 저녁까지 레슨을 마치시고는 새벽까지 연습하신 것이다.)

그렇게 열흘 정도의 준비가 끝나고 대망의 연주 날. 내 순서는 인터미션 바로 직전이었다. 무대에 올랐다. 이 무대는 꼭 콜로세움 같아서 무대는 저 아래에 있고 가파른 경사를 타고 좌석들이 빙 둘러 배치되어 있었다. 내 이마 위로 쏟아져 내리는 그 수많은 눈이 이미 식은땀을 흐르게 했는데 수업에서, 카페테리아에서 늘 보던 학생 중 하나가 갑자기 그 큰 무대에 서서 그랬을까, 뜨뜻미지근한 박수에 사람들이 서로 바라보며 웅성웅성대기 시작했다.

심장이 밖으로 튀어나오는 줄 알았다. 머리가 하얘졌다. 일단 피아노 벤치에 앉아 높이를 조절했다. 손을 건반 위에 올리자 장내가 고요해졌다. 내 귀에 들리는 건 이제 내 가쁜 숨소리와 요동치는 심장 소리뿐이었다. 연주를 시작했다. 첫 여섯 음 이후로 무아지경이었다. 아무 생각이 나지 않았다. 쇼팽의 발라드 4번은 화려한 피날레 직전에 (악랄한 3도의 향연으로 많은 피아니스트로 하여금 마지막까지 공황 상태에 빠지게 하는 구간이다.) 아주 긴 쉼표가 주어진다. 폭풍 전야랄까. 올 것이 왔구나. '하느님 도와주세요.' 하는 심정으로 고개를 들어 하늘을 올려다봤는데 환시를 봤다. 십자가에 매달려 피를 철철 흘리는 예수님의 모습이 눈앞에 떡 있는 것이었다. 숨이 멎었다. 다음 음을 이어가야 하는데 알 수 없는 눈물이 자꾸 터져나와 애를 먹고 있었다. 어쩔 수 없이 눈을 질끈 감고 전력 질주를 이어갔다. 마지막 음이 끝나고 손을 번쩍 들었다. 고요했다. '아, 망했구나. 별로였구나.' 생각하고 풀이 죽어 땅만 바라보며 인사하고 무대 뒤로 들어와 대기실로 바로 가려고 짐을 챙기자 무대 매니저가 벙찐 얼굴로 말했다.

"너 어디 가? 인사하러 다시 나가야지!"

이미 망한 거 같아 다시 나가고 싶지 않았지만, 일단 박수가 끊이지 않고 있었으므로 다시 무대로 향했다. 첫발을 내딛는 순간 너무 놀라 넘어질 뻔했다. 마치 록 콘서트에 온 듯한 함성이 쏟아져 내리는데 그제서야 웃을 수 있었다. 앙코르는 없었지만, 무려 네 번의 커튼콜 끝에 1부가 끝났다. 캐닌 선생님의 짧은 인사가 끝나고 문용희 교수님이 다가오셨다. 웬일인지 아무 말씀 없이—보통은 개선할 점을 '신나게' 피드백 하시는 분이었다.—꼭 안아주시는 것이다. 그리고 귓속말로 말씀하셨다.

"That was divine.(신성했어.)"

이후 내가 답답하게 연주할 때마다 "그때 걔 어디갔니?" 하시며 귀여운 채찍과 함께 내가 어떤 연주를 해야 자연스러운 사람인지 상기해주셨다. 종교적인 일화로 볼 수도 있겠지만, 심리적으로 보면 원리는 생각보다 간단하다. 잘해서 증명해 보이겠다는 욕심보다 부끄럽지만 않았으면 좋겠다는 간절함이 불러온 겸손이었다. 수많은 연구와 연습으로 무장하다 보면 기대치가 높아지기 때문에 마음을 비우는 게 쉽지 않다. 무대에서 일어날 수 있는 그 모든 변수를 두려워하고 이겨내려 하기보다 삶의 일부로 인정하고 끌어안는 것. 문용희 선생님 덕분에 이 어려운 일을 네 단어 한 문구로 정리할 수 있다.

Just live with it!

세 가지 선물

쇼팽 왈츠 No. 5

칠흙 같은 어둠이 내려앉은 밤. 안성휴게소 간판이 멀어진다. 두 시간쯤 달렸을까. 새까만 나무가 울창한 깊은 산속을 굽이굽이 들어가는 차 안으로 차갑고 스산한 공기가 스며들어 눈을 번쩍 떴다. 저 멀리 희미한 불빛이 보인다. 한옥과 서양식 주택이 묘하게 섞인 건물이 눈에 들어온다. 3년 전 열두 살 때 잔뜩 긴장해서 찾아갔던 그 길이다.

"오빠!"

"오지 말라니까. 나 레슨 안 한다니까."

"들어만 달라고. 들어만."

"그래. 그건 할 수 있지."

친구 어머니 소개로 만난 선생님의 스승을 만나러 갔던 날이었다. 나무 바닥과 높은 천장, 벽이 전부 유리로 된 공간의 한쪽 끝에서는 다례가 펼쳐지고 있었고, 나는 반대쪽 끝에 있던 야마하 그랜드 피아노로 쇼팽의 왈츠 5번*F. Chopin—Waltz in A-flat Major, Op. 42*을 연주했다.

"됐다. 와서 차나 마셔라."

"어때요, 오빠? 난 애 천재 같은데."

"개판이여."

"오빠!"

"지금 치는 꼬라지는 그려. 근데 안에 든 것은 좋아. 예원 가고도 남어."

"그럼…"

"나 레슨 안 한다."

그렇게 한참을 정적 속에 차를 마시고 있었는데 엄마가 입을 떼셨다.

"선생님, 우리 성필이가요."

"(뜨거운 물을 주전자에 부으며) 네."

"피아노를 정말 좋아하거든요."

"그래요?"

"작게 만들 수 있으면 끌어안고 자고 싶대요."

"(돌아보며)!"

"임마, 너 피아노가 정말 그렇게 좋으냐?"

"네…."

"다시 쳐봐 임마!"

그게 풍류아티스트 임동창 선생님과의 첫 만남이었다. 하지만 이번에는 다르다. 우리 가족은 미국으로 떠날 준비를 하고 있었고 부모님은 어른들의 준비에 여념이 없었다. 이미 세 번째 방문. '때가 많이 묻어서 늦었다.'며 레슨을 한사코 거부하시던 선생님을 다시 찾아가는 길이다. 아버지는 이번에도 안 받아주면 집 밖에 내려놓고 오실 기세였다.

"허이 참. 조건이 있어요."

"(반색하며) 네. 선생님!"

"지금 다니는 학교랑 활동 다 정리하고 출국 직전까지 여기 두고 가요. 3개월이면 바듯이 '샤워'는 가능하겠어."

그 길로 예원학교와 한예종 예비학교를 그만두고 다음 날 밤에 그 으슥한 산속으로 들어갔다. 익숙하지만 긴장감을 일으키는 장구 소리가 가슴을 두드렸다. 전통 타악을 공부하는 사람들과 한집에 살게 된 것이다. 환영회가 거하게 벌어졌다. 온갖 음식과 보이차와 함께 새벽까지 한바탕 잔치가 계속되었다. 다음 날 아침, 선생님이 아직 여흥에 취해 자고 있는 나를 깨우셨다.

"일어나. 임마!"

그렇게 첫 레슨이 시작됐다.

"자 이렇게 (몸을 앞으로 숙여서 팔을 축 늘어트리며) 힘을 빼고…. 그렇지, 이제 팔을 그네처럼 양쪽으로 살살 흔들어봐."

"팔이 자연적으로 멈추게 두고 이제 천천히 올라와 봐."

한껏 늘어진 감각으로 서 있는 내 오른팔 손목 아래를

검지와 중지로 받쳐 드신 선생님은 말씀하셨다.

"어허이 벌써 긴장이 들어가네. (선생님이 손가락을 뺐는데 손이 공중에 떠 있었다.) 풀어, (힘주어서) 풀어."

그렇게 몇 번을 반복하시더니 다시 한번 손목을 받치시고서는 "옛날 옛적에…" 하시면서 이야기를 들려주기 시작하셨다.

옛날 옛적에… 어떤 한 사람이 홀어머니를 모시고 살았어.

(손목을 받친 손을 천천히 들어올리며) 산에 가서 나무를 해가지고 사는 거야. 그걸 팔아서.

어느 날 산속에 깊이 들어갔는데…

(쫄깃하게) 호랑이가 나타난 거여. 큰일 났지. 죽게 생긴 거여.

근데 이 사람이 갑자기 무르팍을 탁 꿇고 "아이고 형님!" 그랬대. 그러니까 호랑이가 말하기를,

"뭐야, 내가 지금 배고파서 너를 잡아먹어야 하는데 형님이라니. (무섭게 소리친다.) 너 이놈, 사기치는 거 아니야?"

한창 긴장이 고조된 그 순간 선생님이 손을 탁 놓으셨다. 아차, 이야기에 빨려들어가는 바람에 잔뜩 긴장한 손

이 공중에 떠 있었다.

"으하하하하하하. 긴장했지! 풀라니까. 릴랙스. 풀어야 돼. 어떤 순간에도 풀어야 돼."

풀어질 때까지 훈련은 여러 번 반복됐다. 드디어 툭 하고 손이 떨어졌다.

"그렇지! 감각 알겠지? 됐다. 밥 먹자."

그렇게 첫 레슨이 끝났다. 지금 생각해보면 인생의 가장 큰 지혜를 얻은 시간이 아니었나 싶다. '세상이 그대를 속일지라도 슬퍼하거나 노여워하지 말라.'를 실천하는 법을. 막상 위기의 순간이 닥치면 잊어버리는 경우가 더 많지만, 기억해낼 정신이 남아 있을 때는 자신에게 명령한다. "풀어. 풀어야 돼."

차근차근 그동안 몸에 전 테크닉을 씻어내며 온전하게 힘을 빼고 건반 다루는 감각을 익혀갔다. 손가락의 무게가 근육을 힘주어 움직이지 않고도 알아서 건반을 누르는 단계부터 시작해 피아노 다루는 방법을 아예 완전히 새롭게 쌓아나가는 인내의 시간이었다.

한 달이 지나고 겨울이 되었다. 사방이 산으로 둘러싸인 이곳을 하얀 눈이 빈틈없이 덮었다. 어둠이 푸르스름한 물감을 슬쩍 뿌리기 시작할 때쯤 우리는 모두 각자의 공간에서 정신없이 연습하고 있었다. 선생님이 사시는 자그마한 별채 오두막, 우리가 숙식하며 지내고 레슨이 이루어지는 공간이 하나로 이어져 있는 본관, 그리고 연습실로 쓰이는 아주 오래된 주택 건물 하나가 디귿 자 형태로 멀찍이 위치하고 있어 그 사이에 넓은 공터가 있었다. 별채에서 종종걸음으로 바삐 걸어 나오신 선생님이 공터 한가운데 멈춰 서셨다.

"(쩌렁쩌렁하게) 고기 먹으러 가자!"

문하생들이—하필 또 전부 남학생이었다.—매 끼 직접 요리해서 먹다 보니 아무래도 건강이 신경 쓰이셨는지(그걸 함께 드셔야 했던 선생님이 힘드셨는지도 모르겠다.) 가끔 마을로 데리고 내려가 맛있는 한 끼를 사주셨다. 마을에 갈 때는 항상 일렬로 줄지어 행진했는데 전통타악을 공부하는 형들에게 작은 종과 쇠젓가락이 주어졌다. 그날 당첨되는 사람이 그 종으로 자유롭게 장단을 연주하면 그 박자에 맞춰 춤을 추듯이 걷는 것이다. 그런데 이날은 갑자기 말씀하셨다.

"(종과 쇠젓가락을 건네며) 오늘은 니가 쳐라."

그게 뭐라고 얼마나 긴장이 되는지 심장이 터져나갈 지경이었다. 소심하게 세마치장단을 치기 시작했다.

"쯧쯧. 하, 꼭 생겨 먹은 대로 친다니까. 그거밖에 못허냐. 좀 신명 나게 쳐봐라!"

쉽지 않았다. 그러나 선생님은 아무 말씀 없이 뒷짐을 지고 들썩들썩 하며 앞서 가고 계셨다. 그 누구도 내 장단에 대해 뭐라 하지 않고 쳐다보지도 않자 어느새 종과 나만 남은 느낌이 들며 자유로워지기 시작했다. 조금씩 장단에 변화를 주며 힘이 붙기 시작했다. 자연스레 리듬이 쪼개지고 셈여림이 드러나자

"(돌아보며) 얼씨구?! 좋다!"

하시는 선생님의 추임새를 시작으로 다들 춤을 추기 시작했다. 마치 조선 시대 그림 속 우스꽝스러운 포즈로 춤을 추는 사람들처럼 말이다. 나도 웃음이 터져버렸고 마음 가는 대로 신나게 종을 두들겼다. 재밌는 사실은 우리의 종은 레슨의 연장선이기도 했지만, 마을에 우리가 내려가고 있다는 신호였다는 점이다. 식당에 도착하자 온 마을 사람들이 다 모여 있었다. 그럼 또 각자 밥그릇과 수저를 들고 한바탕 굿판이 벌어지는 것이다. 한두 시간을 그렇게 먹고 놀고 다시 종을 치며 집으로 돌아왔다.

그렇게 시간이 흘렀다. 출국 일주일을 앞둔 어느 날, 선생님이 집에서 리사이틀을 열자고 하셨다. 장인(아마도 기인?)에 가까운 선생님의 수많은 지인이 출국 3일 전 이 산새로 모여들었다. 엄청 긴장한 탓에 어떻게 연주했는지 전혀 기억이 나지 않는다. 이 수많은 생생한 기억 속에 그 순간만 가위로 도려낸 듯 텅 비어 있다. 연주가 끝나고 역시나 송별회 잔치가 이어졌다. 마무리가 되어갈 즈음 선생님이 문을 열고 다시 들어오시더니(언제 자리를 뜨

셨는지 아무도 몰랐다.) 시끌벅적한 무리를 조용히 시키시고 말씀을 시작하셨다.

"우리 성필이가 미국으로 떠나요. 줄리어드예비학교를 간다는데 예원학교를 그만두고 여기 들어와 살면서 공부했습니다. 오늘 그 공부를 발표하는 날에 함께해주셔서 고맙습니다. (일동 박수) 세 달 전에 나를 찾아왔는데 내가 이미 늦었다고 했어요. 근데 부모가 깨어 있어서 자식을 나한테 맡기고 간 거예요. '어디를 가든 너는 조선놈이다. 조선놈답게 연주해야 살아남을 수 있다.'고 제가 역사도 알려주러 여기저기 데리고 다녔어요. 이놈 열두 살 때 (나를 쳐다보시며) 맞냐? 나를 처음 만났는데 그때 이미 본 것이 이제 확실해졌습니다."

그러더니 여태 손에 쥐고 계시던 보따리를 풀기 시작하셨다.

"너는 공부를 끝까지 해서 효도해야 한다. 성공해서 돈 많이 버는 연주자가 되어라." 하시며 100유로짜리 지폐를 주셨다. (당시 유로가 막 발행된 시점이었다.) 이어서 길고 빨간 케이스를 꺼내 여시며 말씀하셨다.

"너는 결국 네 음악을 허고 살 놈이다. 그러니 기회가 되거든 반드시 작곡을 배워라."

그러고는 국악을 분석하고 오롯한 당신만의 음악을 찾으며 작곡할 때 쓰시던 펜을 선물로 주셨다.

"이 음반 세 장을 인생의 가장 큰 스승 세 분에게 전해다오." 부탁하시며 대금 명인 이생강 선생님과 함께 발매하신 앨범도 주셨다.

우여곡절이 있었지만, 마지막 학위까지 취득했다. (효도를 하는지는 모르겠다.) 미국에 간 지 6개월 만에 작곡을 하게 되어, 지금까지 작품 활동과 공부를 함께 이어가며 '그냥 내 꼬라지가 이래서' 걸어가는 길 위에 있다. 그리고 시디 세 장은 그 주인을 모두 찾아갔다.

선생님이 주신 펜은 내 작업실에 늘 전시되어 있다.

Interlude No. 1: 호랑이 이야기

임동창 선생님이 해주신 이야기에는 원작이 있다. '은혜 갚은 호랑이'로 검색하면 쉽게 찾아볼 수 있다. 어쨌든 선생님 버전의 스토리는 아까 끊긴 부분에서 이렇게 이어진다.

(호랑이가 "사기 치는 거 아니야?!" 하자)

"아닙니다 형님. 어머니께서 형님을 얼마나 보고 싶어 하시는지. 날이면 날마다 형님 얘기만 하십니다. 산에 가서 호랑이를 만나면 느그 형이 산에 나무하러 갔다가 호랑이가 됐다고. 만나면 꼭 모시고 오라고. 느그 형이니까."

그러니까 호랑이가 헷갈리기 시작한 거야. '내가 사람이었나?'

"어머니는 어떻게 지내시는데?"

"몸이 편찮아서…. 형님 오시면 보고 죽겠다고…. 그것밖에 마음에 없다고."

사기를 친 거지. 호랑이가 속아 넘어간 거여.

"올라타. 너희 집으로 가자."

그런데 막상 집에 도착하자 호랑이가 마당 입구에 탁 서더니,

"아니다. 내가 이런 호랑이 몸으로 어머니를 뵐 수 없다. 대신 내가 매월 보름달이 뜰 때마다 멧돼지 한 마리씩을 잡아서 마당에다 놓을 테니까 어머니 음식 해드려라."

하고는 울면서 가버렸어.

그러고는 정말로 매월 보름달이 뜨면 멧돼지를 떡하니 마당에 놓고 가는 거야. 한참 잘 먹었는데, 언젠가부터 갑자기 호랑이가 안 오는 거지.

그래서 아들이 호랑이를 만났던 곳을 찾아가 봤는데 글쎄 호랑이 굴 앞에서 새끼들이 울고 있는 거여. 머리에 띠를 두르고. 왜 그러고 있냐고 물어보니

"아버지가 돌아가셨는데, 아버지가 원래 사람이셨다고 해서 우리가 띠를 두르고 장례를 치르고 있어요."

했다는 거지.

호랑이 굴에 들어가도 정신만 차리면 산다더니. 무대에서 벌어질 어떤 두려움과 긴박한 상황에서도 풀어서 힘을 빼는 감각을 유지할 수 있다면 멋지게 살아남을 수 있다는 말씀이 아니었을까.

예술이 꽃피는 봉우리

쇼팽 스케르초 No. 3

'아… 씨, 왜 자꾸 틀리지. 왼손… 또… 하….'

서울교대콩쿠르 초등학교 5~6학년부 본선 라운드. 쇼팽의 왈츠 5번*F. Chopin—Waltz in A-flat Major, Op. 42*을 연습한 만큼 기깔 나게 치던 중 끝자락에서 왼손 점프가 네 번이나 살짝 빗나갔다. 너무 속상했다. 엄청 좋아하는 곡이고, 틀리지 않고 신명 나게 잘 치고 있었다. 학원에서 나갔던 콩쿠르 말고, 전공생들이 나오는 국내 콩쿠르는 처음이어서 예선과 본선의 개념도, 등수의 개념도 없던 때였다. 오로지 '더 잘 칠 수 있는데 멋진 곡을 더럽혔다.'는 생각에 연주를 마치고 무대 앞 계단을 아랫입술을 쭉 내민 채 쿵쿵 발을 구르며 내려왔다(당시 이 대회에서는 무대 뒤가 아니라 무대 앞으로 내려와야 했다.). 심사 위원들에게 나름의 어필을 하고 싶은 마음이었던 것 같다. '나 원래 더 잘 친다고. 오늘따라 틀린 거라고.' 장내에 웃음이 터졌다.

결과를 기다리는 긴 시간. 어머니는 나를 밖으로 데리

고 나오셨다.

"(잔뜩 화가 나서) 너, 무대에서 그러고 내려오면 어떡해! 항상 예의를 지키랬지. 연주 잘해놓고 그렇게 점수를 까먹어야겠어? 엄마가 그렇게 가르쳤니?"

주변에서 사람들이 쳐다보며 수군대기 시작했다. 얼굴이 달아올랐다. '틀린 것도 속상하고 창피한데 엄마는 내가 웃음거리가 된 게 속상하구나.' 결과는 3등. 집으로 돌아오는 차 안의 불편한 침묵이 얼마나 무서웠는지.

그렇게 모범생 콤플렉스가 시작됐다. YMCA 졸업식 때 그렇게 다시는 웃음거리가 되지 않겠다고 다짐했건만. 같은 실수를 또 했구나 생각한 나는 이후 모든 언행을 자체 검열하기 시작했다. 답을 모르는 질문을 받을까 두려워하며, 눈을 마주치면 시비 걸리거나 괜히 말할 일이 생길까 봐 사람들과 눈도 잘 못 마주치고, 공손하고 예의 바르게 말하려 엄청나게 애썼다. 그 일이 있고 6개월 뒤, 예원학교 입시를 준비하며 '예술이 꽃피는 봉우리'라는 뜻의 학원, '예화봉'에 가게 되었다. 한 시대를 풍미하던 학원이었다.

"거기, 거기. 내가. 스타카토. 하라고. (슬리퍼가 레슨실을 넘어 신발장 앞까지 날아왔다.) 몇 번을. 얘기하니."

심장이 뛰기 시작했다. 내가 3등을 한 교대콩쿠르에서 1등을 한 6학년 형, 해가 바뀐 그 시점에는 이제 예원학교 학생이 된 형의 레슨이었다. '와, 살벌하구나.' 생각하며 학원에 들어섰다. 그런데 입시를 준비하는 동갑내기가 대부분이었던 그곳에서 다른 엄마들이 하나둘씩 나를 알아보시는 것이었다.

"어? 그때 발 구르면서 내려온 아이 아니었어?"

"맞네. 그때 콩쿠르에서 한 번도 못보던 아이가 갑자기 나타나서 소리도 정말 예쁘고 잘 치길래 잰 누구야? 했는데!"

우리 또래에는 피아노 치는 남자아이가 귀했던 관계로 살짝 부담스러운 관심을 받으며 선생님과의 면담을 (또는 첫 레슨을) 기다리던 그때, 귀에 친구들의 연습 소리가 들려왔다. '어… 너무 잘 친다. 입시곡이 벌써 준비가 끝났네…. 나 예원은 갈 수 있을까? 그러니까… 내가 쟤들만큼만 하면 된다는 거지?'

"야, 이 닭대가리야! 고개 들고 어깨 펴고 치라고! 몇 번을 말하니. 똑같은 말 반복하게 하지 말라고. 악보에 써두라고. (악보를 보시더니) 써 있네. 보고도 못하니!"

무시무시한 레슨이었지만 금세 적응하게 되었는데, 레슨실 밖에서는 상당히 재밌는 분이셨기 때문이다.

"(치킨을 시켜 먹는 우리를 한심하다는 듯 보시며) 으이구… 이 야만인들아. 너네는 동족을 잡아먹니?"

"(어리둥절해서) 네?"

"저거 봐. 못 알아듣지. 닭대가리들아. 닭대가리가 닭을 잡아먹니?"

다소 괴팍한 느낌이 있기는 하지만, 선생님 특유의 말투 덕분에 호흡이 가쁠 지경으로 웃었다. 사실 '닭대가리'라는 표현은 피아니스트들의 연주 시 자세를 보면 쉽게 이해가 되는데, 목만 쭉 빼고 연주하는 경우가 많기 때문이다. 우스갯소리로 하시던 말씀이지만 반듯한 자세의 중요성을 세뇌하는 선생님만의 방식이기도 했다. 반듯한 자세에서 반듯한 소리가 나온다는 것은 학계의 정설인데, 팔을 앞으로 뻗어 어깨가 앞으로 굽을 수밖에 없는 그 자세 자체가 자세 교정에 가장 큰 걸림돌이기도 하다.

"가서 목에 하는 깁스를 하나 사 와."

학원은 부지는 넓지만 각 방의 공간은 생각보다 협소한 것이 단점이었는데, 선생님은 이를 자세 교정에 활용하셨다. 피아노 의자에 앉으면 등에 닿는 벽. 그 중앙에 걸려 있는 못 하나. 깁스를 장만해 가서야 비로소 그 용도를 알 수 있었다.

목에 깁스를 차고 뒤쪽에 고무줄을 매달아 벽에 박힌 못에 걸고 연습하는 것이다. 목을 앞으로 빼래야 뺄 수가 없는 시스템이었다. 고개를 드니 건반 전체가 눈에 들어오고, 팔의 움직임도 훨씬 자유로웠다. 습관을 들이고 싶었던 나는 종일 목에 땀띠가 날 정도로 깁스를 하고 연습했다.

오전부터 학원에서 세월아 네월아 연습하던 어느 날 점심시간이었다. 목표한 반복 횟수가 끝나지 않아 점심을 거르고 연습을 하려는데, 밖에서 선생님이 소리치셨다.

"(진저리를 치며) 야! 그만 쳐. 같은 마디를 몇십 분을 반복하는 거니? 스트레스 받아서 밥을 못 먹겠어! 토 나올 거 같아! 좀만 쉬었다 쳐!"

그대로 피아노 뚜껑을 닫고 그 위에서 손놀림을 연습하기 시작했다. (손가락 독립운동에 도움이 되는 좋은 방법 중 하나다.)

"어우! 그것도 들려! (문을 벌컥 열고 들어오시며) 어디서 이런게 나타났대? 내가 20년을 가르치면서 너같은 독종은 처음 본다. 알겠으니까, 나 밥 다 먹고 들어가면 치라고!"

그만하란다고 그만할 리가. 지난 레슨 녹음해둔 걸 들으면서 악보를 보며 선생님의 식사가 끝나기를 기다렸다.

소년한국일보콩쿠르 고학년부 본선. 예화봉에 다니던 친구들은 이미 '젊은이의 음악제'*라는 연주회 참가 자격을 다 따놓은 상태였고, 이것이 그 티켓을 따낼 수 있는 마지막 대회였다. 이 콩쿠르도 시스템이 살짝 잔인했는데, 한 참가자가 무대 위에서 연주하는 동안 다음 타자 두 명이 무대 한쪽 구석에 앉아서 대기하는 형식이었다. 대기석에 올라가 앉았다. 잠깐 긴장감에 넋을 놓고 있다가 정신을 차려보니 다음 순서가 나였다. 온몸이 바들바들 떨리기 시작했다. 앞 친구의 곡이 끝나간다.

'와, 나도 모르겠다.' 하며 누가 쳐다보든 말든 성호경을 긋고 기도를 했다. 그 순간 심사 위원의 종이 울렸다. 또래보다 키가 커서 의자 거리를 맞추고 자리에 앉았다. 쇼팽의 스케르초 3번*Scherzo No. 3, Op. 39*을 떨리는 호흡으로 시작했다. '…이런!' 시작하자마자 열여섯 번째 음을 (겨우 여섯 마디 쳤는데) 잘못 짚었다. '아, 1등은 날아가는구나. 에라 모르겠다.' 하고는 화끈하게 치기 시작했다. 건반이 평소보다 커 보이고, 슬로모션을 걸어놓은 듯한 느낌이었다. 세 장쯤 지났을까, 드라마틱한 어떤 구간에서 나도 모르게 박자에 맞춰 왼발을 힘차게 굴렀다. 그리고 얼마 지나지 않아 종이 울렸다.

특상. 고학년부 우승에 더불어 전체 1등을 받은 것이다. 한 심사 위원 선생님이 "신들린 사람 같았어."라고 하셨다고 한다.

이후 발을 구르는 것이 내 시그니처가 되었는데, 생각해보니 교대콩쿠르에서 툴툴거리며 내려오던 그날도 발을 구르며 내려왔다. 어머니께 혼이 나기는 했지만 어쨌든 그 현장에 있었던 사람들이 나를 기억하게 한 사건이 아니었는가. 어머니는 훗날 나를 훈육하지 않고 혼을 내었던 그때의 선택에 대해 사과하셨다. “너의 마음을 먼저 헤아리고 이해하고 무엇이 잘못되었는지를 알려주었어야 했는데….” 하시며. 뭐 어떠한가. 부모님을 실망시키지 않겠다는 일념으로 성실하게 임한 오늘이 쌓여, 먼길을 돌고 돌았지만 결국 ‘맨발의 피아니스트’가 되었는데.

* ‘젊은이의 음악제’는 여의도에 위치한 영산아트홀에서 열리는 연례행사로 초등부부터 대학부까지 지난 한 해 동안 국내 메이저 대회에서 우승한 연주자들을 모아서 선보이는 공연이다. 지금도 열리는 것으로 알고 있다.

물을 다스린다

리스트 〈메피스토 왈츠〉 No. 1

2022년 9월 인사동 코트*KOTE*. 복합문화예술공간인 이곳의 1층과 3층에 다양한 전시가 열리고 있었다. 한 달 전 이곳에 대한 기사를 쓰신 기자님과 동행한 후 아지트처럼 자주 오는 곳이다. 솔솔 풍기는 커피 향을 따라 올라가다 보면 바닥부터 천장까지 꽉 차는 책장으로 둘러싸인 '내면의 서재'가 등장한다. 한쪽 구석에는 꽹과리 소리가 나는 업라이트 피아노가 있다. 이 공간에서 때로는 영화 시사회가, 방송 촬영이, 다양한 아티스트들의 교류와 회의가 이루어진다. 오늘은 전시의 일부로 연주를 하러 간다. 늘 깔끔하게 다려진 검은색 정장에 번쩍거리는 구두. 웃는지 우는지 도무지 알 수가 없는 먼 거리에 관객을 두고 눈부신 조명을 받으며 연주했었는데, 오늘은 내가 좋아하는 베이지 톤의 옷에 로퍼를 신고 공연장에 들어선다.

지난 2주에 걸쳐 3층에서 열리는 전시의 그림들을 세 번씩 감상하며 느낌을 적어뒀다. 그리고 그림들이 나로 하여금 머금게 하는 감정과 떠올리게 하는 추억을 가만히 살펴보고 기록했다. 셋리스트를 구성하기 위해 백지 한 장을 앞에 두고 고민했다. '그 업라이트 피아노로 클래식을 연주하는 것 자체도 쉽지 않은데, 그림을 소개하며 곡을 함께 선보여야 한다. 정해진 시간이 있기는 하지만 관객들은 계속 들어왔다 빠졌다 할 것이다.' 고민은 다음과 같은 내용으로 구체화되었다.

① 정해진 순서로 연주만 해서는 아무도 흥미를 가지지 않을 것이다.
② 지나가면서 귓등으로 들어도 기억에 남을 만한 이야기가 필요하다.
③ 이 공간은 가지 않은 길을 개척하는 예술인들이 모여드는 곳이다.

해결책은 이러했다.

① 각 그림에 해당하는 나의 이야기와 그에 어울리는 음악을 선곡한다.
— 이야기는 어린 시절 이야기가 될 수도 있고, 내가 좋아하는 시가 될 수도 있다. 내 삶의 일부를 솔직하게 나눈다.

② 음악은 장르를 통일하지 않는다. 즉흥 연주를 할 수도 있고, 노래를 할 수도 있다.

③ 그림들을 화이트보드에 걸어놓고 관객으로 하여금 마음이 가는 그림을 선택하게 하여 그 순서로 진행한다.

— 관객에게 그림을 선택한 이유에 대해 물어본 후 그들의 이야기를 먼저 듣고 나서 준비한 것을 선보인다.

생각보다 많은 관객이 모인 채로 공연이 시작됐다. 나의 공연이 전시의 일부가 되는 순간이었다. 첫 번째 관객이 보드 제일 오른쪽 아래에 위치한 그림을 골랐다. 어두운 배경에 다양한 색깔이 공존하는 작품이었는데, '그냥 눈길을 끌기도 했지만, 그 무의식적 끌림이 마치 끊임없이 매혹적인 것에 마음을 뺏기는 인간의 모습을 표현하는 것 같다.'는 이야기가 오고 갔다.

"(무너지며) 하아, 이 그림에 제일 어려운 곡을 선곡해 뒀거든요? 설마 이 많은 곡들 중 이것부터 고르겠어…? 했는데…. 불길한 예감은 어째서 틀리는 적이 없을까요? (원망스럽다는 표정으로 그 관객을 바라보며) 참 감사해요? (일동 웃음)"

"아이 뭐. 괜찮아요, 자신 있으니까. 하하하. 리스트의 〈메피스토 왈츠 1번*Franz Liszt—Mephisto Waltz, No. 1, S. 514*〉입

니다. 파우스트 다들 아시죠? 파우스트를 끊임없이 조롱하는 악마, 메피스토의 춤입니다. 악마의 기교로 악명이 높은 곡이에요. 이 곡이 작곡될 즈음 리스트는 이미 가톨릭 수사의 길을 선택한 후였어요. 악마를 주인공으로 삼은 이 곡에서 리스트는 어떤 메시지를 전달하고 싶었을까요? 농염하고 화려한 그의 유혹으로 초대합니다!"

다음은 관객의 어린 시절을 추억하게 하는, 바닷가의 노을을 연상케 하는 그림이었다. 정현태 시인의 「용서」라는 시를 낭독하고 어린 시절 어머니와의 일화를 소개한 후, 쇼팽의 〈뱃노래*F. Chopin—Barcarolle, Op. 60*〉를 연주하고 최백호의 〈바다 끝〉이라는 노래를 불렀다.

그렇게 2시간 동안 관객의 선택에 나를 맡기며 즉흥적인 선곡까지 더해 공연을 마쳤다. 그리고 다시 커피 향을 따라 바에 가서 앉았다. 매우 힙한 두건을 쓰고 핸드 드립 커피만 내리는 목소리 좋은 아저씨 한 분이 바로 이 '내면의 서재'의 바리스타셨다.

"어서 와 앉아요. 공연 잘 봤어요. 잘 어울리는 커피로 대접하지요!"

알고 보니 우리 아버지와 나이가 같으시고 아들도 나와 동갑인 것이었다. 세상엔 신기한 인연이 많다.

"아들 삼으면 되겠네. 하하. 이렇게 잘생기고 멋진 피아니스트를! 근데 우리 에드윈은 커피를 배워야겠어."

"네? 커피요?"

"내가 볼 때는 커피를 배워야 하는 사람이야."

"아…. 저 그냥 커피를 즐기는 사람으로 남고 싶은데요. 하하."

아저씨는 코끝에 걸친 안경 너머로 익살스러운 눈빛을 한번 날리시고서는 다시 커피에 집중하셨다. 주전자에 물을 가득 담아 한 방울씩 똑똑 떨어트리며 고노 드리퍼에 담긴 원두의 모습과 향을 바탕으로 속도를 조절한다. 간 원두를 드리퍼에 끼운 필터 위에 얹고 그 한가운데에 물을 한 방울씩 떨어트리니, 가운데부터 동그랗게 부풀면서 그 면적이 불어난다. 완전히 꽃이 필 때까지 원두는 물을 머금고 있고 커피는 한 방울도 추출되지 않는다. 아저씨는 잠시 뜸을 들이면서 주전자를 내려놓으셨다.

"이렇게 물을 한 방울씩 떨구는 걸 '물을 다스린다'고 해요. 한 점을 지정하고 드립한다고 해서 '점 드립'이라고도 하는데, 같은 원두로 같은 사람이 내려도 매번 맛이 달라요. 마실 사람이 누구냐에 따라서 맛이 달라지기도 하죠. 음악도 그렇지 않아요?"

그러고는 다시 주전자를 들어 물을 떨구기 시작하셨다.

"이렇게 중심에서부터 부풀어 올라 커피가 열리죠. 꼭 '꽃이 피는 것 처럼.' 에드윈은 손이 섬세해서 금방 잘할거 같은데. 피아노도 꼭 맑은 이슬을 한 방울씩 떨구듯 연주하더라고."

뭔가에 홀린 듯 드립하는 과정을 가만히 바라봤다.

"물을… 다스린다…고 하셨죠?"

"네."

"저… 해볼래요."

물을 다스린다는 표현에 무너져 그렇게 바로 '선생님' 옆에 서서 물이 가득 담긴 주전자를 들었다. 조금만 인내심을 잃거나 방심하면 물이 줄줄 쏟아진다. 왼손을 허리에 얹고 오른 팔꿈치를 몸통에 바짝 붙인 다음 손목과 엄지의 감각에 집중. 배운 대로 하니 금방 수구 끝에 물이 맺히는 느낌을 알 수 있었다. 그리고 속도를 조절하기 시작했다.

"허허… 이거 보통 2주는 훈련하는데 집중력이 확실히 다르네. 바로 실전으로 배워도 되겠어. 커피를 한번 추출해봐요."

뚝뚝, 뚝, 뚝뚝뚝… 타닥, 타닥, 쩝쩝쩝, 타닥.

"오, 맞아요. 물방울을 던지지 말고 그렇게 얹어야 해요. 드립을 하다 보면 원두에 물이 닿는 순간 장작 타는 소리가 나기 시작하죠. 들리죠?"

꼭 빗소리 같기도 했다. 당시 내 마음에 한창 비가 내리는 중이라 그랬을까. 타닥, 타닥. 잡념이 사라졌다. 건반을 누르는 감각이 그러해야 한다. 힘을 주어도 컨트롤은

가능하다. 하지만 손목과 팔이 너무 아프다. 이 역시도 힘을 빼고 최소한의 움직임에 의존해야 오랜 시간 힘들이지 않고 물을 '다스릴' 수 있다. 한 번에 한 음씩…. 점 드립은 연습의 연장선이었다. 좋았다. 한 번에 한 음씩 건반 위에 나의 감정을 떨구어내며 영혼의 상태를 다스리듯 한 번에 한 방울씩 잡념을 원두 위에 얹어 커피로 승화시킬 수 있었다. 그렇게 처음 뜸 들여 빠지는 진한 엑기스를 '검은 눈물방울'이라고 한다.

그날부터 지금까지 매일, 슬픔이 농축된 이 '검은 눈물방울'을 삼키며 비워진 순수하고 맑은 상태로 아침을 시작한다. 누구나 이런 의식이 하나쯤 있었으면 한다. 나의 평화를 다스리는 그 의식이 결국 당신의 평화를 지켜줄 테니.

그렇게 내 평화를 지켜준 선생님은 다음날 바람처럼 사라지셨다.

Interlude No. 2: 어머니와의 일화

“네, 네. 알겠어요. 아니요. 아들에게 확인해보고 연락을 드릴게요.”

짐짓 심각한 표정으로 통화를 마치신 어머니가 물으셨다.

“OOO 어머니야. 네가 여러 사람 있는 데서 예의 없는 언행을 했다고 하시네. 사실이니?”

반은 사실이고 반은 거짓이었다. 언제나 시키는 대로만 하지 않고 주관적인 의견을 내놓는 나를 버르장머리 없는 아이로 매도하는 경우가 많았다. 예의를 갖춰서 의견을 제시했을 뿐인데 그런 나를 ‘외아들이라서 싸가지가 없나 보다’며 인신공격하는 사람들에게 분노해, 친구들 앞에서 그들에 대한 욕을 퍼부은 건 사실이었다. 지금까지도 이해가 되지 않는다. 왜 어린아이는 사고를 하면 안 되는가? 아이의 입을 틀어막는 것보다는 말대꾸를 정중히 하는 법을 가르치는 것이 옳다고 생각한다. 직언하는 나를 보고 '틀렸다' 말하는 사람이 아직도 한국에 유독 많지만, 나는 한 번도 예의 없이 내 의견을 피력한 적이 없다. 대체로 먼저 날아오는 무례한 공격들을 품위 있게 철통 방어할 뿐.

"아니요. 그런 적 없어요."

"응, 그럼 됐어. 우리 아들이 아니라면 아닌 거지. 저녁 뭐 먹을까? 스파게티 먹으러 갈까?"

지금은 없어진 '스파게띠아'라는 음식점. 반은 거짓말을 했다는 생각에 좀체 밥이 넘어가지를 않았다. 포크를 내려놓고 여쭤봤다.

"엄마, 근데 왜 더 안 물어봐?"

"(눈을 보며) 엄만 아들을 믿어. 엄마가 믿지 못하는 아들을 밖에서 누가 믿어주겠어."

"응…."

"그런데 아들, 만약에 네가 거짓말을 하고 있는 거라면 그 거짓에 대한 책임은 스스로 지는 거야. 엄마는 너의 거짓을 보호해주지 않아."

맞다. 거짓에 대한 책임은 사뭇 무거웠다. 하지만 거짓말 안 하고 사는 사람이 있겠는가. (있을 수도 있겠다. 부러운 일이다.) 당황해서 하는 거짓말, 두려워서 하는 거짓말, 상처 주지 않기 위해 선택하는 '하얀 거짓말'. 이 모든 거짓을 입 밖에 뱉고 나면 그날 밤 자기 전에 머릿속을 꽉 채우는 부끄러움이 밀려왔다. 스스로를 속이고, 나를 믿어주는 부모를 배신한 것만 같은. 모르는 것을 안다 하고 나대는 일이 줄어들기 시작했다. 이십대 중반이 되어서야 비로소 솔직할 수 없는 것들에 대해서 침묵하는 법을 터득했다. 많은 사람이 어떻게 매사 그렇게 당당하고 솔직하냐고 물어보는데, 답은 간단하다. 솔직할 수 있는 것에 한해 솔직할 수 있는 만큼 솔직할 뿐이다.

믿음은 중요하다. 잘못을 그때그때 바로잡지 않으면 안 되는 경우도 있겠지만, 대부분은 스스로의 잘못을 인지하고 있다고 생각한다. 그럼에도 불구하고 나를 믿어주는 사람이 있다고 생각하면 거짓에 대한 부끄러움을 배우고 나아가 솔직하고 당당해지는 법을 배울 수 있다고 믿는다.

어긋나는 것이 단 하나도 없어야 오늘 내가 당신 곁을 스쳐 지나간다

"여행은 젊었을 때 해야 힘이 되는 거야. 신나게 놀고 연주하러 가."

아버지가 내 노트북을 단호하게 닫으며 말씀하셨다. 8월에 스페인에서의 협연이 유일한 일정이었던 스물여섯의 여름. 뭐라도 하나 더 해서 스펙을 쌓겠다고 문서와 씨름하던 나를 말리며 여행 계획을 짜보라고 하셨다. 말도 안 되는 일정이 나왔다. 그리고 2주 후에 나는 184센티미터에 69킬로그램의 몸을 비행기에 싣고 유럽으로 향했다.

첫 행선지는 폴란드 바르샤바. 스페인의 한 국제 콩쿠르에서 만난 피아니스트 누나의 집에 짐을 풀자마자 바쁜 누나를 대신해 그곳의 음대생이었던 동갑내기 바이올리니스트의 도움으로 바로 여행을 시작했다. 첫날 밤에는 구시가지의 유명한 전통 음식 전문점에서 한국인 입맛에 딱 맞는 메뉴로 여독을 풀고 야경을 만끽했다. 다음 날 아침 우리는 젤라조바 볼라*Zelazowa Wola*, 쇼팽의 생가로 향했다. 공원처럼, 박물관처럼 깔끔하게 잘 정돈되어 있었지만 그의 생가는 보수 공사만 한 채 그대로 남아 있었다. 바깥 정원으로 이어지는 가장 안쪽 방에 스타인웨이 그랜드 피아노가 한 대 놓여 있었다. 연주 일정이 적혀 있었는데 역대 쇼팽콩쿠르 우승자부터 여러 유명 피아니스트들의 독주회가 예정되어 있었다. 마침 그 공간을 담당하던 큐레이터가 우리를 발견하고는—친구가 바이올린을 메고 있어 누가봐도 뮤지션들이었던 것이다.—다가와 무슨 일로 찾아왔는지 물어봤고 폴란드어를 유창하게 구사하던 친구가 미국에서 온 피아니스트인데 쇼팽콩쿠르를 준비하고 있다고 말하자, "그럼 여기 방명록에 사인하고 가야지. 2015년에 꼭 다시 보자고!" 하고 손에 펜을 쥐여줬다.

"나는 반드시 쇼팽콩쿠르 우승자로 독주회를 하기 위해 이곳에 돌아올 것이다. — Pianist Sungpil Kim."

재밌는 사실은 2015년 쇼팽콩쿠르 우승자는 내가 아니었는데, 난 이곳에 돌아와 우승자 리사이틀을 했다. 어찌된 일일까. 2017년 우연히 쇼팽 마주르카 Op. 17 No. 4를 연주하는 내 영상을 발견한 호주 쇼팽콩쿠르의 디렉터가 섭외를 제안했고 그 콩쿠르에서 우승을 해서 이듬해인 2018년 이곳에서 독주회를 하게 되었던 것이다. 방명록에 '바르샤바 쇼팽콩쿠르 우승'이라고 적었더라면 내 운

명이 바뀌었을까. 아무튼, 그렇게 호기로운 약속을 뒤로 하고 다시 바르샤바로 향한 우리는 쇼팽의 심장이 묻힌 성당으로 향했다. 기분이 이상했다. 악보로, 음악사 서적 속 글로만 만났던 작곡가의 심장이 여기 묻혀 있다니. 좀처럼 발걸음이 떨어지지 않았다.

친구는 학교 일정으로 잠시 떠나고 나는 혼자 도시 곳곳을 돌다가 구시가지 광장으로 향했다. 그러던 중 잠시 길을 잃었는데, 지나가던 이에게 손짓 발짓을 동원하며 길을 물어보니 엄청 무뚝뚝한 얼굴로 짧은 단어 몇 마디와 함께 살벌하게 길을 알려줬다. 살짝 기분이 상해 대충 알아듣고 한참을 걸어가는데 누가 고래고래 소리를 질렀다. 그런데 지나가는 사람들이 전부 아무 생각 없이 그냥 걸어가는 나를 쳐다보는 것이었다. 기분이 쎄해서 멈춰 돌아보니 아까 길을 알려주던 사람이 오른손을 재차 바깥쪽으로 휘저으며 우회전을 하라고 소리를 지르고 있는 것이었다. 그렇다. 그는 무뚝뚝한 것이 아니라 낯가림이 심한 사람이었고 길을 또 잃을까 걱정돼 내가 맞는 골목으로 들어가는지 지켜보고 있었던 것이다! 사람 구경을 하러 가는 그 짧은 20분 남짓의 시간에 나는 '부끄러움은 많지만 속정이 깊은' 폴란드 사람들을 연달아 만났다.

그렇게 광장에 도착해 중앙에 서 있는 모뉴먼트 앞에 앉아 지나가는 사람들을 구경하기 시작했다. 재밌었다.

마치 서울 한복판을 바라보는 느낌이었다. 운동 붐이 일었는지 남녀를 불문하고 러닝을 하거나 자전거를 타고 있었고 다들 잘생기고 예쁜 데다가 하나같이 군살 하나 없는 몸짱이었다. 도시는 엄청나게 활발한 에너지로 가득했다. 한참을 앉아 있다 일어나 그 주변을 구경했는데, 전통 의상실이 있었다. 전부 원색으로 눈부시게 파랗고 빨갛고 노랗고… 온통 강렬한 색상뿐이었다. 생각했다. 쇼팽이 특별히 더 내성적이었는지는 모르겠지만, 그의 음악이 남성적인 제스처를 담고 있을 땐 충분히 남자답고 화려해도 되지 않을까. 마지막 날은 추적추적 내리는 비를 뚫고 여러 궁전과 쇼팽의 동상 등을 도는 전형적인 코스를 밟았다. 그렇게 3일간의 일정을 마치고 영국 런던으로 날아갔다.

런던에는 2009년부터 알고 지내는 친한 형, 피아니스트 신윤석이 있다. 같은 콩쿠르에 나가서 공동 3위를 수상하며 친해졌는데, 같은 신앙에 음악적 방향성까지 생각이 통해서 이런저런 음악을 듣고 악보를 보며 의견을 나누다 보면 밤을 꼴딱 새고는 했다. 이 형의 스승인 필립 포크*Philip Fowke*는 시대를 풍미했던 영국인 피아니스트로, 지금 칠순을 넘긴 연세에도 빈틈없는 테크닉에 상상을 초월하는 익살스러움과 창의적 해석까지 새로운 시도에 두려움이 없는 이십대 청춘 같은 대가다. 형과 함께 런던 구석구석을 구경하며 돌아다니다 필립 선생님과 3년 만에 조우했다. 한바탕 수다가 벌어졌는데, 선생님은 마치 곧 다가올 미래를 예견한 듯한 조언을 하셨다.

"내가 한때 BBC Proms*를 비롯해서 정말 일이 들어오는 대로 정신없이 연주를 한 적이 있는데, 어느 순간부터 아슬아슬하게 연주를 해내기 시작했어. 그러던 어느 날 급하게 수락한 협연이 있었는데 연주 도중에 머리가 깜깜해지면서 돌이킬 수 없는 큰 실수를 하고 말았지. 연주자가 연주를 잘하는 건 본전이지만, 한 번의 실망은 회복하는 데 오랜 시간이 걸린단다. 앞으로 눈코 뜰 새 없이 바쁘게 불려다닐 텐데, 명심해. 연주 퀄리티를 유지하는 게 가능한 선에서 일해야 해. 욕심 부리다가 나처럼 고생하지 말고. 너도 No를 못하는 타입이라 위험해. OK?"

덕분에 지금까지 내 기준에서 퀄리티에 흠이 간다 싶으면 잠을 희생하거나 일정을 정리한다. 내 커리어를 위해서 말씀해주신 줄 알았는데 시간이 지나고 보니 내 자의식을 위해서 해주신 말씀이었다. 끌려가듯이 연주하면서 ('성공적이었어!'라는 생각이 드는 경우는 당연히 드물지만) '그래도 잘했다'는 생각조차 들지 않는 순간이 오면 관객의 눈조차 마주치지 못하겠더라. 연주자로서의 자존감이 무너지기 시작하고 무대에서의 안정감이 달아나기 시작한다. 연주자로서 자신에게, 그리고 관객에게 떳떳

하기 위해서라도 페이스 조절을 연주의 일부로 생각해야 한다.

독일 하노버로 날아왔다. 예원학교 성악과 동기와 초등학교 시절부터 친하게 지내는 누나, 피아니스트 최현아를 만나러 왔다. 학교 구경도 시켜주고 스페인에서 할 연주도 들어준 누나와 동네 맛집을 이곳저곳 다녔다. 어린 시절을 함께 보낸 인연은 서로의 본성과 변화의 과정을 기억한다. 허물 없이 얘기해도 오해하는 경우가 드물고, 빈틈을 보여줘도 기다렸다는 듯 파고들어 공격하지 않는다.

현아 누나와 나의 음악적 성향은 정반대라고 볼 수 있다. 그러나 연주하는 음악이 가진 본연의 힘을 전달하는 데 우리의 비인간적이고자—완벽하고자—하는 욕심이 걸림돌이 되어서는 안 된다는 데 동의한다. 숨이 넘어가는 웃음이 곁들여진 열띤 토론이 결국 2020년 1월 세종문화회관에서의 듀오 콘서트로까지 이어졌다. 비슷한 성향이 모여 장점이 극대화되는 경우도 있지만, 상극이 모여 서로의 단점을 보완해주는 시너지도 또 다른 카타르시스를 선사한다. 누나는 항상 '하이레벨' 학습지를 옆구리에 끼고 다니던, '내가 잘나서 잘났다고 말하는데 뭐가 문제야?'라는 듯 고개를 쳐들고 다니던 열네 살의 김성필을 소환하며 "너 진짜 많이 변했어. 내가 알지. 근데… 또 그대로다? 자기 확신 쩔어! 그게… 무너지지 않고 끊임없이 도전하는 네 에너지의 원천인 거 같아."라고 말한다. 이어 "'하이레벨' 끼고 다닐 때부터 알아봤지." 하고 박장대소한다.

기차를 타고 드레스덴으로 갔다. 비가 내리는 드레스덴의 왕궁을 역시나 10년 만에 연락이 된 친한 친구의 도움으로 돌아보고, 2시간 남짓 지난 세월을 아우르는 짧고 굵은 대화 끝 왠지 아직 어색하면서도 못내 애틋한 눈빛을 뒤로하고 밤 기차에 올랐다. 오스트리아로 향하는 길이다. 내가 앉은 칸에는 세 명이 더 있었는데, 호주에서 여행 온 대학생 커플과 영어를 아주 유창하게 구사하는 독일인 과학자 아주머니가 대화를 시작했다. 먼저 탑승해 있던 나는 눈을 감고 잠을 청하려고 애쓰고 있었지만 도대체 그들의 대화에서 귀를 뗄 수가 없었다.

"너네는 지금까지 또 어디를 여행하고 오는 길이야?"

"우리는 미국에서 시작해서 독일로 넘어왔어요. 지금은 프라하로 가는 길이고요."

"미국은 어땠어?"

"미국인들은… 좀 불친절한 거 같아요. 뉴욕에서 여행하면서 불쾌한 일이 좀 많았어요. 여행객이 상세 정보가 부족한 건 당연한 건데 못 알아듣거나 다시 물어보면 막 소리 지르고, 우리가 호주 억양으로 말하니까 괜히 못 알아듣는 척 하면서 비웃고…."

"미국인들은 기본적으로 좀 가식적인 게 있…"

"아~학!"

참던 재채기가 터져 나왔다. 내 재채기가 고막이 찢어지게 비명을 지르는 타입이라 다들 웃음이 터졌다. 멋쩍은 웃음을 날리고 가방에서 책을 꺼내 들었다. 영문으로 된 책을 꺼내드는 나를 보고 커플과 아주머니가 당황하며 물었다.

"너… 미국인이야?"

"우리 하는 말 다 듣고 있었어?"

"응 맞아…. (윙크하며) 미국인들이 좀 못됐지…. 대신 사과할게!"

동양인인 내가 미국인일 거라고 생각조차 못 했을 것이라 더욱 당황한 그들을 간신히 달래고 나서야 (참 많이도 미안해했다. 괜찮은데. 그럴 수도 있지.) 대화가 시작됐다. 삶과 죽음, 과학과 종교, 음악과 미술까지 심도 있는 대화가 이어졌다. 커플이 프라하에서 내리고, 아주머니는 내가 빈에 내리기 한 정거장 전에 내렸다. 새벽 6시에 도착한 오스트리아 빈은 고요했다. 겨우 하루 묵는 일정이었다. 하루 안에 알차게 구경해야 했다. 미리 예약해 둔 한인 민박을 찾아갔다. 체크인을 하며 물었다.

"저… 클래식 피아니스트인데요, 오늘 하루만 들러 가는 일정이거든요. 어디를 보고 가야 후회가 없을까요?"

민박집 아주머니는 친절하게 지도에 꼭 가야 할 곳부

터 차례대로 표시해주셨다. 표시를 따라 하나씩 찾아다녔다. 점심을 건너뛰고 트램을 타고 작곡가들의 무덤이 모인 중앙 묘지*Zentralfriedhof*로 향했다. 브람스, 슈베르트… 그리고 베토벤. 베토벤 무덤 앞에서 울음이 터졌다. 한 10분쯤 울었을까. 눈물을 닦고 그 옆에 앉아 머릿속으로 내가 공부했던 그의 곡들을 연주하기 시작했다. 왜 그랬는지 모르겠다. 그냥 그러고 싶어서 그렇게 했다. 위대한 작품들을 남겨줘서 고맙다고, '부족한 나를 당신은 이해하시죠?'라고 위로를 부탁하고 싶었을까. (그 괴팍한 노인네가—베토벤은 생전 성격이 고약하기로 유명했다—땅에 묻혔다고 절대 따스한 위로를 건넸을 리 없다고 생각하지만.)

두어 시간쯤 머물다 일어나 베토벤이 영감을 얻기 위해 거닐었다던 산책길인 '베토벤길*Beethoven Spaziergang*'로 향했다. 지하철 역으로 내려갔다. 6월 중순의 빈은 여행객도 많지 않아서 동양인을 마주치는 일이 거의 없었다. (원래는 많다고 한다. 하지만 내 기억 속 빈은 분명 한산했다. 그해 6월 중순이 유독 추워서 그랬을까.) 지하철이 도착했다. 한국처럼 세 개의 탑승구가 열차 한 칸이었다. 언제 어디서나 그랬듯 탑승한 문 반대쪽에 등을 기대고 섰다. 오른쪽 뺨이 따가웠다. 옆눈으로 슬쩍 보니 대각선으로 오른쪽 구석에서 동양인 여자가 나를 빤히 쳐다보고 있었다. 몇 번 눈이 마주쳤고 왠지 아는 얼굴인 듯했는데 쉽사리 이름이 떠오르지 않아 그냥 모르는 사람이겠거니 했다. 그녀가 일어나 내릴 준비를 했다. 문이 열리고 내리더니 가던 걸음을 멈추고 닫히는 문 너머로 나를 다시 바라보는데 순간 스쳐지나가는 얼굴이 있었다! 혹시나 싶어 페이스북에서 생각나는 이름을 검색했더니, 이럴수가! 예원 동기인 첼리스트가 빈에서 유학 중인 것이 아닌가. 급하게 메시지를 보냈다. "나 방금 너 본 거 같은데… 맞지?" 바로 전화가 왔다. "어쩐지 어디서 많이 본 거 같더라고! 당장 만나! 내가 지금 리허설 가니까 2시간 뒤에 ○○에서(관광 명소가 아닌 현지 지명을 지금까지 기억할 리가 없다.) 만나!"

친구는 나를 민박집에 데려가 양해를 구하고 당시 자기 소속사 사옥의 그랜드 피아노가 장착된 스위트룸을 내어 주었다. 맛이 아주 훌륭한 아이스크림을 손에 쥐고 아름다운 빈의 야경을 눈에 담으며 걷던 시간이 코끝을 간질이던 바람 냄새로 남아 있다. 덕분에 편하게 쉬고 이탈리아 로마로 날아가 일주일간의 성지 순례를 마치고 예정된 연주를 하러 스페인 발렌시아를 거쳐 한국으로 들어왔다.

빈의 그 지하철. 내가 세 개의 문 중 다른 문으로 탑승했더라면, 그 열차가 아니라 그 전 또는 후의 열차를 이용했더라면, 베토벤 무덤이 처음 행선지였다면. 수많은 'if'를 세어보면 알 수 있다. 단 하나라도 어긋났더라면 나는 그 친구를 만나지 못했을 것이다. 지금까지 여행 중에 만난 아름다운 우연과 사람들에 대한 이야기를 장황하게 늘어놓은 이유는 바로 여기에 있다.

어긋나는 것이 단 하나도 없어야 오늘 내가 당신 곁을 스쳐 지나간다.

옷깃만 스쳐도 인연이라는 말은 진실이다. 지금 거기. 그대 앞에, 그대 옆에 누가 존재하고 있는가. 혹시라도 눈이 마주친다면 웃어주지는 못할망정 째려보지는 말자. 가벼운 미소를 선물할 여유가 있다면 정말이지 아름다운 일이겠다.

*런던 로열앨버트홀*Royal Albert Hall*에서 열리는 영국의 대표 콘서트 시리즈다.

P.S. 한 가지 재밌는 사실은 현재 많은 연주를 함께하는 트리오 'Suits'의 멤버 소재완이 당시 빈에 있었다는 것이다. 친구와 빈음악대학을 구경할 때 바이올린을 메고 내 옆을 스쳐 지나갔던 학생 중 하나였을지도 모르겠다. 옷깃만 스쳐도 인연이라니까, 글쎄.

편견에 대하여

슈베르트 소나타 D. 960

-

맨체스터의 피아니스트를 위한 치탐스여름학교 *Chetham's Summer School for Pianists*에 연주자로 갔던 해, 한 유명 교수님의 마스터클래스에 초대 받아 연주하게 되었다. 슈베르트의 마지막 피아노 소나타 *F. Schubert—Piano Sonata in B-flat Major, D. 960* 1악장을 연주했다.

"너 노래할 줄 아니? 노래 안 하지. 반주 해본 적 없지? 너희 동양인들은 노래하는 법을 좀 배워야 해. 어느 성악가가 그렇게 느린 속도로 그 멜로디를 한 호흡에 노래 하겠니."

'저요. 저 가수이기도 한데요.' 하고 입을 떼려는 순간 친구랑 눈이 마주쳤는데 고개를 살짝 저었다. 분명히 동양인 뮤지션들에 대한 편견에서 비롯된 지적이었고 바로 잡았어야 했다. 직접 노래해서 보여주고 싶었다. 하지만 친구의 만류에 잠깐 망설이는 사이 타이밍을 놓치고 말았다. 다음엔 꼭 해야지 했는데, 비슷한 일은 다시 일어나지 않았다.

그 이후로 그렇게 오해를 받는 일이 생기면 참지 않았다. 누군가는 불필요한 객기라 말할지 모르지만, 편견이라는 바위를 부수려면 시원하게 터지는 걸 개의치 않는 용기 있는 계란이 많이 필요하다.

-

독일 바이마르에서 열렸던 리스트콩쿠르는 1라운드에서 슈베르트의 가곡을 리스트가 편곡한 피아노 독주곡을 반드시 연주해야 한다. 〈물 위에서 노래함*Auf dem wasser zu singen*〉이라는 곡을 연주했다. 갑작스러운 합격 통지에 3주 만에 준비해서 갔던 콩쿠르지만 빈틈없이 신명 나게 잘 연주하고 나왔다. 결과는 탈락. 다음 날 심사 위원 피드백을 받는 시간이 있었다. 피드백 시작 전 잠시 화장실에 갔는데, 마침 같은 방향으로 걸어가던 심사 위원 두명이 뒤따라 들어오는 것 같아 얼른 변기를 찾아 숨어 들어갔다.

"그 줄리어드 출신 걔는 너무 시끄럽기만 하지 않아?"

"응, 들어서 뭐해. 알지도 못하고 주야장천 빨리만 치는데."

"그러니까 첫 음 칠 때부터 알았다니까. 아시안은 더 심각해. 듣지 마, 듣지 마."

"어. 난 그냥 이름이랑 나라 보고 바로 걸러. 안 그래도 피곤했는데 좀 졸아야지."

이 상상을 초월하는 대화를 나누며 그들끼리 박장대소하는 순간을 직접 목격하고 말았다. 피드백 세션에 갔다. 오스트리안 심사 위원 세 명이 있었는데, 그들 중 하나는 전설 파울 바두라스코다*Paul Badura-Skoda* 였다. 전설을 먼저 마주하기가 너무 떨려서 다른 심사 위원들을 먼저 찾아갔다.

"어… 네가 누구였지? (아까 화장실에서 본 그들 중 하나였다.) 아, (얼굴까지 벌게지며) 너 공부 안 하고 그냥 빠르고 정확하게만 치는 애구나? 미국은 공부 안 시키니? 독일 가곡을 그따위로 연주하면 들으라는 거야 말라는 거야? 도서관에서 시간 좀 보내세요. 노래도 좀 듣고. 연습실에만 처박혀 있으니까 그렇게 연주하지."

기가 막혔지만 어차피 영어도 유창하지 않은 인간 상대해봤자. 미국 박사과정처럼 공부를 많이 시키는 경우가 또 어디 있다고. 다음 사람을 찾아갔다. 하필 나머지 한 명이었다.

"걸어나오는 순간, 너무 점잖아 보여서 그냥 안 들었어. 미안하지만 그래서 난 해줄 말이 없어. 솔리스트로 살아가려면 거칠고 화려하고 이기적이고 세 보이고 그래야지, 넌 너무 순해 보여서, 원. 뭐 연주 활동을 굳이 이어 가겠다면, 반주로 돌리거나 앙상블 해. 솔로는 안 어울려."

아, 난 왜 굳이 밤잠을 설쳐가며 준비해서 여기를 왔는가. 마지막으로 전설을 찾아갔다. 그도 물었다.

"너 슈베르트 가곡 반주해본 적 있니?"

또 시작이구나 싶었다.

"(한숨을 쉬며) 네, 슈만, 브람스, 볼프*wolf*, 쳄린스키*zemlinsky*, 마르크스*Marx* 등 독일 가곡은 전부 다 반주했고, 직접 가사 번역도 하고, 노래도 직접 다 해봤어요. 저 노래도 하거든요."

"어쩐지. 사람처럼 노래하며 치더라고. 아침에 결과 보면서 네 이름을 한참 찾았어. 다른 심사 위원들이 그걸 이해하지 못한 건 정말 유감이구나. 부디 이런 경험이 너의 날개를 꺾지 않았으면 좋겠다. 연주 잘 들었어. 다만 템포가 너무 과감한 편인 것은 알고 있겠지? 조금만 더 여유를 가지면 좋겠더구나."

반전이었다. 다른 사람의 경험은 어땠는지 모르겠다. 하지만 유러피언이 동양인과 미국인 연주자들에 대해 흔히 가지고 있는 편견에서 자유롭지 못한 경우가 내겐 유독 많았다. 내가 아는 지식을 연주로 승화하지 못한 탓이라 결론을 내리고 싶어도 그걸 알아보고 감동 받는 사람이(그것도 하나같이 레전드들이!) 분명히 존재하지 않는가! 이 희망 고문이 나로 하여금 나이가 너무 많아 못 나갈때까지 콩쿠르 마라톤을 완주하게 만들고야 말았다.

–

어느 러시안 교수의 레슨이었다. 팔이 길고 허리가 짧아 꽤 높게 앉아서 가만히 앉아서 치는 나를 보며 그가 말했다.

"너는 눈 감고 들으면 좋은데, 보면서 들으면 너무 재미없어. 부자연스럽잖아. 힘이 잔뜩 들어가서. 다시 쳐봐."

처음부터 다시 연주하기 시작했다. 그가 다가왔다.

"이거 봐. 너무 꼿꼿이 앉아 있잖니… (내 손을 잡아 들어올리며) 힘을 좀…. (팔이 흐물흐물하게 풀어져 그의 손에 무게가 실린 채 올려졌다.)"

그가 놀라서 나를 쳐다보며 말을 이어갔다.

"너… 힘이 다 빠져서 가만히 앉아서 치는 거구나? 그냥 팔다리가 너무 길어서 움직임이 거의 없어 보일 뿐인거고?"

그렇다. 이제 하다못해 생겨먹은 걸로까지 오해를 사는 것이다.

–

"너는 근데 노래는 왜 하는 거야? 너 피아노만 해서는 원하는 만큼 못 뜨니까 관심 받으려고 노래하는 거지? 남들과 다르고 싶어서 하는 거잖아. 그리고 진행은 또 왜 하고, 하면서 네가 뭔데 자꾸 가르치려고 해? 그 나이에 네가 인생에 대해 뭘 안다고."

노래는 안 하면 내가 죽을 것 같아서 한다. 내 공연장을 찾는 관객이 집으로 향하는 길에 '아, 이만하면 아직 세상 살 만하지.' 하고 미소 지으며 힘차게 걸어갔으면 한다. 내가 가진 모든 소리를 동원해서 그런 경험을 하게 해주고 싶다. 그래서 노래한다. (그리고 노래를 잘하니까! 만난 성악과 교수님들이 전부 노래하자고 꼬셨었다고!)

이 직업을 가지고서 유명해지고 싶지 않다면 거짓말이겠다. 그런데 얼마 전 나는 소셜미디어 계정을 전부 삭제했다. 그렇게 온라인상에서 'off the grid(좌표에서 사라지는 것)' 하고 세상 후련하고 행복하게 살아가고 있다. 작은 꿈이 있다면, 새로운 기획을 가지고 연주할 때를 제외하고는, 얼른 돈을 많이 벌어서 자급자족하며 오프라인에서도 'off the grid' 하고 싶다. 그렇다. 유명해지는 건… 허락된다면 정말 감사한 일이겠지만, 그렇지 않아도 행복과는 무관하다.

나는 진행을 하면서 내 아픔을, 고민을 솔직하게 내어놓고 때때로 내가 해답을 찾지 못한 것에 대해 관객의 의견을 묻는다. 예를 들어 클라라 슈만*Clara Schumann*(1800년

대 낭만시대 여성 작곡가이며, 로버트 슈만의 아내이기도 하다.)의 피아노 트리오*Piano Trio in G minor, Op. 17*를 소개하며 그녀가 남긴 말을 전달한다.

"나는 내게 창작의 재능이 있다고 믿었지만, 포기했다. 여자는 작곡을 하기를 원하면 안된다. 지금까지 그런 사람이 없었기 때문이다. 내가 과연 그 처음이 되어야 하는 걸까?"

그리고 별다른 말 없이 연주한다. 작곡가에 대한 판단을 오롯이 관객에게 맡기는 것이다. 내가 뱉는 말 중에는 가르치려는 말도, 인생을 논하는 말도 없다. 다만 우리가 함께 살아가는 시간에 대해 같이 고민해보자는 초대를 던질 뿐.

편견에 대하여.

184센티미터에 69킬로그램이었던 시절이 있었다. 이 시절에 나를 만난 사람들은 이후 오랜 시간 열심히 먹고 최선을 다해 운동해서 82킬로그램의 건장한 청년이 된 나를 보고도 "참 날씬해. 너무 말랐어."라고 말한다. 그러나 지금의 나를 먼저 만난 분들은 바쁜 일정에 쫓겨 잘 챙겨 먹지 못해 5킬로그램 이상 살이 빠져도 "운동 계속 하나 봐? 몸 좋아졌네."라고 말한다.

편견이란 경험에 의해 생기는 당연한 것으로 꼭 잘못

된 것은 아니다. 그러나 클래식 음악을 감상할 때, 앎을 경계하려고 노력한다. 영겁의 세월 동안 보고, 듣고, 배워온 것들이 '편견'이 되어, 현장에서 벌어지는 그 즉흥적인 순간을 있는 그대로 보지 못하고 내가 아는 것들을 겹쳐 보고, 듣고, 판단하려 하기 때문이다. '앎'에는 성취의 재미가 있다. 그러나 그 컴포트 존(안전지대)에서 위험을 무릅쓰고 벗어날 때 비로소 현재가 얼마나 입체적인지 생생하게 느낄 수 있지 않을까. 언제나 모든 것에 새롭게 감동할 수 있는 힘은 편견이라는 안전한 갑옷보다 상처받기 쉬운 상태*vulnerability*를 선택할 때 생성되는 것이 아닐까.

Hear My Song

〈Hear My Song〉, 뮤지컬 〈Songs for a New World〉

줄리어드예비학교 1년차, 마스터클래스에 참여했다. 오늘의 곡은 쇼팽의 스케르초 2번*F. Chopin—Scherzo No. 2 in B-flat minor, Op. 31*. 마틴 캐닌 교수님의 '정석'대로만 치기엔 터져나가는 끼를 주체 못 하던 열여섯. 내 머릿속에서 들리는 대로 마음껏 재주를 넘으며 연주했다. 그날의 교수님이 (실명은 거론하지 않기로 한다.) 무대로 올라와 연주 전에 드렸던 내 악보에 들으면서 표시해두신 부분들을 가리키셨다.

"(손가락으로 가리키며) 여기, 여기, 여기, 이거 누구 해석이야? 누구 아이디어야?"

"(영문을 모른채) 네? 제… 건데요."

전부 내가 마치 대중음악을 연주하듯 타이밍과 강약을 멋대로 변형해서 친 구간들이었다.

"(비웃으며) 네 머릿속에서 어떻게 이런 게 나와. 캐닌 선생님이 이렇게 치라 하실 분은 아니고. 솔직하게 말해봐. 누구니?"

"(살짝 화가 나서) 제 해석이라고요!"

"(관객을 바라보고 조롱하며) 음악을 하는 사람은 겉과 속이 같아야 해요. 진실하지 않은 사람은 연주를 하면 안 되죠. 이 친구는 피아노를 계속 해도 괜찮을까요? (돌아보며) 너는 연주를 하기 전에 도덕성부터 바로 잡아야겠구나."

그게 끝이었다. 가뜩이나 아직 완벽하지 않은 영어라서 더 억울했다. 수백 개의 눈들이 나를 거짓말쟁이 취급하는 것 같았다. 자리를 끝까지 지키고 싶었다. 난 떳떳하니까. 하지만 자꾸 눈물이 올라와서 견딜 수가 없었다. 제대로 반박 한마디 못하는 내 처지가, 왜 나의 다름은 언제나 의심을 받는 건지 분통이 터져서(박사를 마칠 때까지도 내가 어려운 시험에서 만점에 가까운 점수를 받자 문제를 낸 교수님이 "성필이가 만점을 받을 만큼 시험이 쉬웠는데 왜 다들 점수가 이 모양이야?"라고 하셨더랬다.), 더 오해를 사는 것보다 그 많은 사람 앞에서 우는 모습을 보이는 게 더 창피해서 얼른 짐을 싸서 밖으로 향했다. 1층으로 올라가서 밖으로 나갔다. 난간에 걸터앉아 아래를 바라봤다.

'떨어지면 많이 아플까?'

'어디 다치기만 하고 이대로 끝이 아니면 더 힘들잖아.'

화를 참지 못하고 일어나서 안절부절못하며 그 위를 좌우로 정신없이 왔다 갔다 했다. 그 순간엔 그랬다. 그저 내 분노와 슬픔이 끝나기만 한다면 뭐든 상관없을 것 같았다. 다시 아래를 내려다봤다. 눈을 질끈 감는 순간,

"우――웅, 우――웅."

전화가 왔다. 친구였다. 고등학교 합창단 수업은 출석만 해도 평균 점수가 보장되었기에, 학기 말에 혼자 또는 그룹을 지어 원하는 노래를 부르는 시험이 있었다. 함께 팀을 짰던 친구가 부르고 싶은 노래를 찾았다며 전화를 건 것이다. 수화기 넘어로 노랫소리가 들려왔다. (당시엔 짧게 1절만 불러줬지만 가사 내용이 너무 좋아 전문을 싣는다.)

Child, I know you're weary (아가야, 많이 힘들지)

And your eyes want to close (눈도 막 감기고)

The days are getting longer (낮은 점점 길어지는데)

We're not getting any stronger (우린 강해지지 못하고)

Trust me, Mama knows… (그럼, 엄마도 알아…)

But lie in my arms while you're sleeping (하지만 내 팔을 베고 자면서)

And think of the rivers you've crossed (여태 건너온

강들을 기억해봐)

I'll tell you the dreams I've been keeping (나의 꿈들을 이야기 해줄게)

For moments like this (지금처럼)

When your hope is lost (네가 희망을 잃었을 때를 위해 지켜온)

Hear my song (내 노래를 들어봐)

It'll help you believe in tomorrow (내일을 믿을 수 있게 도와줄거야)

Hear my song (내 노래를 들어봐)

It'll show you the way you can shine (네가 빛날 수 있는 길을 보여줄거야)

Hear my song (내 노래를 들어봐)

It was made for the time (그럴 때를 위해 만들어둔)

When you don't know where to go (네가 어디로 가야할지 모를때)

Listen to the song that I sing (내가 부르는 노래를 들어봐)

You'll be fine (다 괜찮아질 거야)

Child, I know you're frightened (아가야, 두렵다는 걸 알아)

And your throat's parched and dry (침이 마르고 목도

타들어 가지)

But just trust in Mama's singing (하지만 엄마의 노래,)

And the gift tomorrow's bringing (그리고 내일이 가져올 선물을 믿어봐)

Trust it, don't ask why (믿어봐, 아무것도 묻지 말고)

Just lie in my arms (그냥 내 팔을 베고 누워봐)

And I'll tell you (그럼 얘기해줄게)

The things that you know but forget (네가 알고 있지만 잊어버리는 것들에 대해서)

The lies no one ever could sell you (어처구니 없는 거짓말에 속지 않도록)

I know that it's hard (어렵다는 걸 알아)

But don't give up yet (하지만 아직 포기하지 마)

'Cause I'll be singing: (이렇게 노래할 거니까)

Hold on (기다려)

Hold tight (꽉 잡아)

I know it's dark right now (지금은 어둡지만)

But just believe somehow (어떻게든 좀 믿어봐)

That soon there will be light (곧 빛이 보일 거라는 걸)

Hold on (기다려)

Hold fast (단단히 잡아)

That's not enough for some (그걸로는 부족할 수도 있지만)

But trust the light will come (그래도 빛이 올 거라는 걸 믿어봐)

And we'll get past (우린 이겨낼 거야)

You and Mama (너랑 엄마랑)

Safe at last (마침내 안전하게)

Hear my song (내 노래를 들어봐)

It'll help us get through til tomorrow (내일까지 견디게 도와줄 거야)

Hear my song (내 노래를 들어봐)

It'll help us survive all the pain (모든 고통에서 살아남게 도와줄 거야)

Hear my song (내 노래를 들어봐)

It's the one thing I have (내가 가진 유일한 거야)

That has never let you down (너를 한번도 실망시키지 않은 유일한 것)

Listen to the song that I sing (내가 부르는 노래를 듣고)

Listen to the words in my heart (내 심장에 흐르는 말을 듣고)

Listen to the hope I can bring (내가 가져오는 희망을 들으면)
And you'll start to grow (성장하기 시작할 거야)
And shine (그리고 빛날 거야)
Listen to the song that I sing (내가 부르는 노래를 들어봐)
And trust me (그리고 믿어)
We'll be fine (우린 다 괜찮을 거야)

— 제이슨 로버트 브라운*Jason Robert Brown*의 〈Hear My Song〉, 뮤지컬 〈Songs for a New World〉

반주도 없는 그 순수한 노래에 무너져 그때까지 서 있던 난간 위에 주저앉아 한참을 울었다. "내 보석, 내 다이아몬드, 내 루비, 내 사파이어…"라 속삭이며 세상에서 가장 평화롭고 행복한 미소를 짓는 어머니의 얼굴이 아른거렸다. 눈물을 닦고, 마음을 가다듬고 예정된 레슨에 늦지 않기 위해 지하철 역으로 향했다.

노래는 내가 살아 있는 이유다. 누군가의 삶을 지켜내기를 바라는 마음으로 노래한다.

목소리로, 건반으로, 글로.

모자이크

하느님의 사랑을 느끼며
자신의 삶에서 땀 흘리며 청춘을 수놓는 이는
어느 보석보다 빛나고 값지며
그의 삶은 행복의 기운으로 가득하다.

—엘리아 수녀님

초등학교 3학년부터 성당에서 오르간 반주를 했던 나는 뉴저지에 정착하자마자 데마레스트의 성요셉성당*St. Joseph Catholic Church*에서 반주 봉사를 이어갔다. 이제 막 고등학교 1학년(한국에서의 중학교 3학년)이 된 나는 음악에 있어서 양보가 없는 아이였다. 당시 주임 신부님이 아주 엄격한 분이셨는데, 악보에 기재된 리듬과 템포를 무시하고 노래를 하시곤 했다. 질 수 없다. 아랑곳하지 않고 더 크고 정확하게 연주했다. 당시 전례를 담당하시던 수녀님이 다가오셨다.

"바실리오(내 세례명이다.), 바실리오가 옳다는 걸 알지만, 미사 중에는 신부님에게 맞춰드리는 게 좋지 않을까요?"

하지만 제가 맞지 않냐며 장황하게 떠들었던 기억이 난다. 겨우 열다섯 사춘기 소년에게 조금 버거운 숙제였을 뿐. 엘리아 수녀님은 그렇게 나의 성장 과정을 다 지켜보시며 영적 지도 수녀님이 되어주셨다. 서른다섯의 나를 아름답고 멋지다 말해주시는 감사한 은인이다. 수녀님이 제주도에서 수도 생활을 하시던 시절, 마침 놀러 갈 계획을 하던 내게 수녀님은 의미 있는 공연을 하나 제안하셨다.

문이 열렸다. 핸드폰을 비롯 모든 소지품을 검사 후 맡겨두었다. 연주할 공간으로 안내하는 교도관을 따라 여러 겹의 철창이 보이는 복도를 지난다. 손 뻗으면 닿을 만한 거리를 두고 내 옆으로 수감자들이 지나간다.

"오늘 공연을 보러 오시는 분들은 경범죄로 들어오신 분들 입니다. 정해진 시간에 도착해서 공연이 끝나는 시간에 정확하게 다시 인솔할 예정입니다."

다 아는 말인데도 그 공간에서 들으니 생소했다. 어떤 감정인지 설명하기가 어려웠다. 음향을 체크하고 늘 그랬듯이 손을 풀며 준비했다. 교도관의 신호와 함께 강당

문이 열리고 수감자들이 줄지어 들어왔다. 살짝 긴장이 됐지만, 평소와 같이 웃는 얼굴로 진행하며 연주를 시작했다. 반응은 열광적이었다. 앙코르를 듣고 싶어 하는 그들의 요청을 뒤로하고—조금이라도 그 자유를 연장하기 위해서 그랬을 거라고 교도관은 말했지만, 난 정말 음악이 더 듣고 싶었으리라 믿고 싶다.—공연을 마쳤다. 수감자들이 먼저 강당을 떠나고 이어서 우리 일행이 교도관을 따라 소지품을 찾으러 갔다. 우리를 배웅하며 교도관이 말했다.

"공연 사진은 추후 보내드리겠습니다. 오늘 정말 수고하셨습니다."

그렇게 등 뒤로 철문이 닫혔다. 저녁 식사를 하러 이동했다. 그런데 동행하셨던 신부님의 한마디에 온몸에 소름이 쫙 돋았다.

"오, 사진 받았어요. (보여주며) 아, 역시 중범죄자들이라서 모자이크 처리가 되었구나."

"(경악을 금치 못하며) 네에?"

그렇다. 내가 무서워서 아무것도 못 할까 봐 교도관과 짜고 거짓말을 하신 것이었다. (감사한 일이다.) 사진을 보는데 오만 가지 생각이 교차했다. 우선 그 자리에 누군가의 삶을 망치고 생명을 앗아간 사람들이 앉아 있었다는 사실이 믿기 힘들었다. 내가 웃고 떠들며 소통했던 그들의 눈은 너무나 맑고 순수했기 때문이다. 그냥 우리와 다를 게 없는 사람들이었고, 그들의 영혼을 느끼며 연주를 했기 때문에 더욱 혼란스러웠다. 나는 분명 사람을 만났는데, 사진 속 그들은 모자이크로 얼굴이 가려진 범죄자였다. 내 모든 옳고 그름의 기준이 송두리째 흔들렸다. 밥이 입으로 들어가는지 코로 들어가는지. 저녁 식사를 마치고 숙소에 돌아와 덩그러니 홀로 남았다. 아직까지도 설명할 수 없는 감정에 휩싸여 밤을 지새웠다.

어떻게든 결론을 내야 내일을 살 수 있을 것 같았다.

"나는 연주자다. 음악은 영감에서 비롯된 것이다. 영감이란 '신령스러운 느낌 또는 예감'을 뜻하며 그것을 바탕으로 쓰인 음악에 신분의 고하가, 젠더의 차별이 있을 수 없듯 누구나 공평하게 듣고 느낄 권리가 있다."

나는 연주자로서의 최선을 다했다. 운명이 의도한 메시지는 무엇이었을까.

달이 넘어간다

황수정, 〈달이 넘어간다〉

"밤하늘처럼, 달처럼"

창문에 내려진 블라인드 틈새로
밤하늘을 올려다본다.
난 유독 밤하늘을 좋아한다.
가슴 속 요동치는 생각들을 끄적거려 본다.
오늘은 달이 없네.
어둠 속을 헤매는 누군가에겐
태양보다 더 밝은 벗이 되어주는 달.
환한 하늘은 내 못난 모습을
적나라하게 들춰내는 것 같아 부끄럽고
태양은 낮에 분주히 살아가는 사람들에게
선입견 없이 공평하게 빛을 마련해주지만
밤하늘은 전부 다 들어주고 숨겨주고 지켜주고
달은 모두가 쉬는 시간

어둠 속 추위에 사시나무처럼 바들바들
잠들지 못하고 뒤척이는 사람들의 눈물을
반짝반짝하게 닦아준다.
밤하늘처럼, 달처럼….

— 2011년 어느 달밤

비스듬한 천장에 넓게 박힌 창문. 침대에 누워서 올려다보면 낙엽이 쌓인 창문 너머로 밤하늘이 보이던 내 방. 고등학교 시절 난 침대에 누워 혼자 중얼중얼 이런저런 이야기를 하곤 했다. 한국의 시골처럼 나무가 우거진 우리 동네는 밤이 되면 유난히 조용했다. 가끔 청솔모가 나뭇가지 사이를 바람처럼 스쳐가는 소리, 멀리서 들려오는 기차 소리 정도가 유일한 소음이었다. 어느 날 꼭 깎은 새끼손톱만큼 가느다란 초승달이 떠 있었다. 한낮처럼 불빛이 가득한 도시의 밤을 떠나 시골의 깜깜한 밤길을 걸어본 사람은 달이 얼마나 밝은지 알 것이다. 그 연약하지만 환하게 빛나는 모습에 홀려 한참을 바라보다 곡을 쓴 적도 있다.

밤하늘과 나의 일방적인 대화는 대학에 가서도 계속됐다. 무려 5년을 기숙사에 살았는데, 첫해를 제외하고는 같은 방을 쭉 혼자 썼다. 캠퍼스가 내려다보이는 방이었는데, 큰 창문을 바라보며 앉도록 책상을 놓는 바람에—당연히 그러고 싶어서 그렇게 해둔 거지만—고개를 살짝만 들어도 보이던, 학교 건물 지붕에 아슬아슬하게 걸린 달과 잔을 주고받으며 보낸 밤이 셀 수 없이 많다. '2011년 어느 달밤'은 이 기숙사 방에서의 기록이다.

세월이 흘러 뮤지컬 배우를 알게 됐다. 성당에서 오빠 동생하며 지내게 되었는데, 어린 나이에 벌써 한 번 암을 이겨내고 무탈히 잘 지내던 이 친구가 어느 날 내게 재발 소식을 전해왔다. 직업 특성상 주로 배역을 노래했지, 자기 자신의 이름을 걸고 낸 노래가 없었다는 점이 새삼스레 크게 다가왔다. 노래를 하나 선물해주고 싶었다. 워낙 그림도 잘 그리고 글도 잘 쓰는 재주 많은 친구라 곡을 붙일 만한 글이 없는지 물어봤다. 앞으로 겪어야 할 일들보다 앞으로 기대할 일들을 생각하게 하는 친구도 하나쯤 있으면 힘이 되지 않을까 생각했다.

엄청나게 많은 글이 나를 찾아왔다. 그리고 「달이 넘어간다」라는 글에 눈길이 닿자마자 첫 문구의 선율이 눈앞에 아른거리기 시작했다. 잘 준비를 하던 나는 그대로 지하의 작업실로 달려가 불을 꺼둔 상태로 떠오르는 악구를 받아 적었다. 그렇게 한 호흡에 곡이 나왔다.

달이 넘어간다
그대로 거기 섰으면 바라보지만
그 마음까지 끌어안고
달이 넘어간다

나는 그저 흐를 뿐이야
나는 그저 지날 뿐이지
다만 내가 기쁜 것은
긴 밤 너와 눈 맞출 수 있다는 것

달이 넘어간다
그대로 거기 섰으면 바라보지만
그 마음까지 끌어안고
달이 넘어간다

나는 그저 흐를 뿐이야
나는 그저 지날 뿐이지
다만 내가 기쁜 것은
긴 밤 너와 속삭일 수 있다는 것

이 밤을 잘 버텨줘
내일은 그 창가를 더 가까이

비출 테니

달이 떠오른다
그대로 여기 머물길 바라보지만
내 어둠까지 끌어 안고
달이 넘어간다

— 배우 황수정

나중에 이 글을 어떻게 쓰게 되었는지 물었다.

"나는 달을 바라보는 걸 참 좋아했는데, 침대에 딱 누우면 하늘을 바로 바라보면서 쉴 수 있었어. 바라보는 것만으로 위로가 되었던 거 같아. 글을 쓴 그날 밤에 본 초승달은 유독 가녀리고 선명했어. 가녀린데 참 힘차게 빛나는 거야. 그리고 초승달을 잘 보면 채워지지 않은 보름달도 어슴푸레 보일 때가 있잖아. 그게 되게 희망적으로 느껴졌어."

맞다. '잘 보면', 가만히 깊게 바라보면 채워지지 않은 보름달이 보인다. 늘 가녀린 몸으로 애써 내는 우리의 빛이 누군가에게 보이기는 할까 싶을 때 기억해보자. 꽉 찬 빛은 밝은 곳에서도 보이지만, 가녀린 빛은 칠흑 같은 어둠에서 훨씬 선명하다. '이 밤을 잘 버텨'야 할 명분이 필요한 이의 생명을 살리는 빛은 '아직 채워지지 않은 빛'을 품은 초승달이 아닐까.

곡을 완성해서 데모 음원을 만들어 보내줬다. 도움이 되고 싶었던 마음이 곡에 묻어났는지, "곡을 받았을 때 달과 나, 이렇게 단 둘이… 독대한 느낌이었어. 아무것도 신경 쓰지 않아도 되는 오롯한 만남. 그야말로 보름달이었어."라는 대답이 돌아왔다.

그렇게 2021년 1월, '황수정'의 〈달이 넘어간다〉가 발매됐다.

오늘 밤 달을 찾는 마음이라면, 이 노래가 당신의 깊은 어둠에 닿아 힘차게 빛나기를.

결국 당신의 보름달이 뜨는 것을 꼭 지켜보기를.

허튼가락

임동창, 〈동창이 밝았느냐〉

낭만은. 영혼이 감동하는 찰나의 순간이다. 숨이 붙어 있는 모든 시간.

—에드윈 킴

스물넷 정도였을까. 한국문화예술위원회의 아는 분으로부터 연락이 왔다. 당시 뉴욕 센트럴파크*Central Park* 에서 열린 세계문화예술축제에 한국문화예술위원회 지원으로 참가한 국악 팀의 연주를 보고 피드백을 보내달라는 것이다. 재밌을 것 같았다. 정말 티 안 나게—물론 차려 입는다 해서 티가 났을리도 없지만—입고 야외 공연장에 마련된 흰 의자들 중 맨 뒷줄에 자리를 잡았다. 연주가 시작됐다. 초조한 기다림이 시작됐다. 국악 팀인데 정통 국악 곡이 하나도 나오지 않는 것이다. 설마 다음엔 나오겠지… 하는 기대는 그들의 "Thank you!"와 함께 철저하게 부서졌다. 처음부터 끝까지 외국 곡과 K-Pop을 국악기로 연주할 뿐, '세계문화예술축제'에 한국 대표로 와서 진짜 우리 음악을 단 한 곡조도 들려주지 않았다는 것에 엄청난 배신감이 몰려왔다. 그리고 그 감정 그대로 피드백을 써서 보냈다.

그 기억에 한참 머물렀다. 때는 2017년 봄학기, 박사학위 논문 주제를 찾다가 막다른 길에서 절망하고 있었다. 학교 도서관 데이터베이스를 통해 한국인 작곡가들에 대한 정보를 수집하기 시작했다. '한국음악을 모티브로 한' 작품이라고 소개된 곡이 정말 많았다. 사실이다. 음계, 장단, 선율 등 정악이나 민속음악에서 힌트를 얻어 쓰인 곡이 많았다. 하지만 국악생도들과 한집에 살며 그곳에 드나드는 어마어마한 명인들의 연주를 들었던 나는 그 곡들에서 한국적인 '정서'와 '문화'를 느낄 수는 없었다. 그러다 문득 임동창 선생님이 주신 펜이 떠올랐다. 맞다. 국악을 자유자재로 다루는 서양음악 작곡가가 있었다. 그 악보 어디 갔지.

마침 선생님 연락처를 가지고 있었다. 2014년 야마하 라이징 아티스트로 선정되어 리사이틀을 했었는데, 그 포스터가 붙어 있던 '그랜드 피아노 1번지'라는 피아노 판매처에 들르셨던 임동창 선생님이 포스터에 새겨진 내 이름을 보고, "어? 저 놈 내가 잘 아는 놈이여!" 하셨던 것이다. 마침 본사가 휴무라 그곳에서 연주 준비를 하던 내게 대표님이 오셔서 "너 임동창 제자라며? 전화 한번 해봐." 하시고는 선생님 연락처를 주셨더랬다. 그때 바로 선생님의 공연을 보러 찾아갔다가 잠시 댁에 들러 인사만 드리고 왔었는데, 그때 "이게 허튼가락이다." 하며 악보가 가득 담긴 작은 박스 하나를 내게 주셨다.

수많은 악보들 사이 먼지가 수북히 쌓인 채 구석에 박혀 있던 박스를 꺼냈다. 먼지를 닦아내고 상자를 열었다. 책이 총 일곱 권 들어 있었다. 가장 위에 놓인 책 『동창이 밝았느냐』 1권을 펼쳤다. 피아노 앞에 앉아서 악보를 펴 놓고 그토록 오랫동안 멍 때리며 끔뻑끔뻑 바라만 본 것은 처음이었다. 마디도 없고, 리듬도 익숙한 형태가 아니고, 기보법도 독특한 데다가 어떻게 치라는 지시 사항이 일절 없었다. 천천히 한 음씩 연주하기 시작했다. 커졌다 작아졌다, 빨라졌다 느려졌다, 길게 눌렀다 짧게 눌렀다 별별 방법으로 다 연주해봐도 듣기 좋은 해석을 찾을 수가 없었다. 잠시 숨을 고르며 눈을 감고 어린 시절 선생님이 국악을 연구하며 작업 중간에 한번씩 연주해주셨던 그 소리와 감각을 찾아 기억을 뒤지기 시작했다.

같은 해 여름, 벨기에 브뤼셀, 영국 맨체스터 등지에서 연주 일정이 있었다. 그리고 『동창이 밝았느냐』 1권의 1번을 준비해서 프로그램에 슬쩍 더해봤다. 수많은 명곡들 사이에서 관객의 귀를 사로잡은 건 바로 허튼가락이었다.

"숲속을 거니는 거 같아요."

"새소리도 나고…."

"흙을 밟고 서 있는 것 같기도 하던데…."

"명상의 상태에 들어갈 수 있었어요."

〈동창이 밝았느냐〉는 정악을 피아노로 연주한다고 보면 되는데, 본질적으로 정악은 명상 음악이다. 한국의 산과 바다를 전혀 모르는 사람들이 이 음악을 듣고 자연을 떠올린다는 것도 신기했는데, 명상의 상태에 도달할 수 있었다는 말에 충격을 받았다. '이거 진짜구나!' 이걸 알려야 한다.

그렇게 내 맘대로 허튼가락을 논문 주제로 선택하고 2년이 흘렀다. 이제 진짜 졸업할 때가 되어 다시 그 주제를 끄집어냈다. 임동창 선생님께 연락을 드리고 찾아갔다. 저녁 9시쯤 도착했는데, 피아노가 있는 메인 공간 '흥야라'에 작은 술상 하나가 덩그러니 놓여 있었다.

"오늘은 너랑 나랑 둘이서 밤새우고 마시는 거여. 그동안 어떻게 살았냐?"

그렇다. 사이사이 선생님을 뵙기는 했지만 십여 년이 지난 세월을 캐치업할 시간도, 연주를 들려드릴 기회도 없었다. 한국을 떠난 시점부터 기억나는 대로 모든 이야기를 다 풀어놨다. 새벽 4시가 되도록 술자리가 이어졌다.

"네가 아리랑 고개를 넘었구나. 수고했다."

그 말씀을 끝으로 이불을 펼 수 있었다.

지금도 자주 뵈러 가는데, 가면 귀하고 맛있는 음식, 차, 술이 가득한 데다 음악적으로 답답한 부분에 대한 꿀팁과 또 한 단계 도약을 위한 숙제까지 얻어서 나올 수 있어 참 좋다. 하지만 밤을 새우는 것이 늘 두려워 내려가는 날엔 마음의 준비를 단단히 하고 간다.

다음 날 아침, 허튼가락 강의와 레슨이 시작됐다. 세상에. 아무것도 모르고 이 곡을 연주하고 다녔다. 레슨을 받고 나자 더 큰 설렘이 피어났다. 제대로 연주하지 않아도 느끼는 것을 이제 제대로 공부해서 소개할 수 있게 된 것이다. 해외 관객들의 반응이 너무 궁금해서 잠이 오지 않을 정도였다. 3일에 걸쳐 8시간에 달하는 동영상과 12시간 정도의 음원 기록을 가지고 미국으로 돌아갔다.

생전 처음 듣는 작곡가에, 참고 자료라고는 작곡가 본인밖에 없는 '허튼가락'이 정식 논문 주제가 되는 과정이 쉽지는 않았다. 하지만 악보를 보신 커미티*committee* 교수님 중 누구도 작품성에 이의를 제기하지 않았고, 지도교수님 또한 어려운 논문이지만 정말 흥미로운 주제라며 신이 나 하셨다. 2개월에 걸쳐 제안서 승인을 겨우 받아내고, 논문을 완성했다. 디펜스 날이었다. 피바디 최종

디펜스는 20분간 논문에 대하여 프레젠테이션을 한다. (5분 알림을 제외하고는 시계를 볼 수 없다.) 이어서 커미티 교수님들의 질문을 방어한 후 무작위로 선정된 두 곡을 듣고 작곡가와 작품을 맞혀야 한다. (주로 유명한 작곡가들의 음악과 혼동하기 쉬운, 덜 알려진 작곡가들의 곡이 시험 문제로 출제된다.)

음악이론과장: 그래서 이 곡은 연주 시간이 어떻게 돼?
나: 자기 마음이에요. 한 음을 1분을 끌어도 되고, 바로 넘어가도 되고. 한 번에 한 음씩 조각해나가는 방식으로 연주하는데 그 과정을 통해서 '깊은 내면의 나'를 만나게 되죠.
총장: 그럼 이 음악은 관객을 위한 음악이야, 아니면 연주자를 위한 음악이야?
나: 일차적으로 연주자를 위한 음악입니다. 하지만 연주자가 집중을 통해 내면으로 향하는 명상의 상태에 도달하면 듣는 사람 또한 그 여정에 참여하게 됩니다. 감동을 자아내고 감동을 받는 인풋-아웃풋의 음악이 아니라 함께 명상하는 수행의 음악이죠.
음악사과장: 얼핏 보기에는 규칙이 없어 보이지만 굉장히 촘촘하게 잘 짜인 논리로 이루어져 있어. 이 작곡가는 한국에서 유명하니? 왜 여태 우리 학교에서 이 작곡가를 다

룬 적이 없는 거니?

나: 서양음악을 먼저 공부하고 그 분석법으로 한국 전통 음악을 분해해서 새롭게 이해함으로써 탄생한 새로운 세계의 음악입니다. 덕분에 한국적 정서를 거의 본모습 그대로 서양 악기로 표현할 수 있게 됐죠. 연예인처럼 화제의 인물이었던 시기가 있는 그는 현재도 일반 대중의 팬층이 두터운 아티스트입니다. 하지만 서양식 멜로디와 하모니에 젖어 국악적 사운드를 '청승맞은 과거의 소리'로 여기는 사람들이 많은 데다, 보시다시피 제대로 공부한 피아니스트여야 연주가 가능한데 비주류로 여겨지는 장르에 '굳이 도전할 클래식 피아니스트'를 찾기가 쉽지 않죠. 이미 클래식 안에서도 공부는 무궁무진하니까요.

지도교수: 머릿속으로 소리를 그려보는데, 그럴수록 더 실제로 들어보고 싶어. 이건 엄청난 발견이야!

그렇게 박사*Doctor of Musical Arts*가 되었다. 논문을 쓰는 동안 나는 매일의 연습을 허튼가락으로 시작해 허튼가락으로 맺었다. 다가오는 연주 준비를 위해 다섯 달 만에 다시 슈베르트를 보면대에 펼쳐놓고 건반에 손을 얹었을 때, 첫 음을 누르기도 전에 깨달았다. 문용희 교수님이 첫 레슨에 "준비부터 틀렸어."라고 하셨던 이유를.

텅 빈 상태였다. 그 공간에는 오직 피아노를 치는 재미를 기대하며 설레는 마음과 깨어 있는 귀, 그리고 고요한 심장뿐이었다. 열아홉에 들어가 서른둘에 나왔다. 준비가 되었다. '피아노를 작게 만들 수 있다면 끌어안고 자고 싶은 아이'로 돌아갈.

이 아이의 '꿈 2회차'가 시작되었다.

금방이라도 두 발이 땅에서 뜰 것만 같았다. 뉴욕과 호주, 캐나다에서 엄청나게 많은 연주와 미팅이 예정되어 있었다.

불과 일주일을 못 넘기고 땅에 툭 떨어졌다. 팬데믹이 온 세상을 점령해버렸다.

Interlude No. 3: 어머니

자려고 누운 내 옆에 팔베게 하고 누워 책을 읽고 계신 어머니. 엄마의 머릿결을 타고 익숙한 향기가 마음을 안아준다. "한국에서의 40년을 끝으로 지금까지의 10년은 그냥 매일이 멍하고 꿈꾸는 거 같아…. 넌 안 그래?" 하고 물으시는 엄마. 우리 삶이 꿈 같지 않은 날이 있었겠는가 싶지만 유달리 자주 눈에 띄는 아버지의 촉촉한 눈가와 어머니의 손등을 야속하게 채워가는 주름을 보며, 왠지 내가 어딘가에 묻혀 있을 부모님의 꿈들을 담보로 내 꿈을 살아간다는 생각이 든다.

학교에서도 매일같이 엄마와 통화하는 나를 보고 주변에선 마마보이란다. 왜? 나이 때문에? 사내자식이 무슨? 그것이 다 무슨 허세인가. 지금 나에게 평화를 가져다주는 엄마 냄새에도 유통기한이 있는 것을. 매일 이별하며 살고 있다 하지 않는가. 온갖 종류의 이별을 매일 고하면서.

우리는 어떤 꿈을 꿈꾸며 잠을 청하고 어떤 하루를 위해서 눈을 뜨는가….

—2012년의 기록

순례를 마쳤구나

임동창, 〈아리랑 변주곡〉

3월부터 5월말까지 2020년의 3개월은 정말이지 지옥이 따로 없었다. 역마살이 제대로 끼어서 정신없이 돌아다니기 바빴었는데, 집에 꼼짝없이 갇혀 있으려니 견디기가 너무 힘들었다. 일단 늘 하던 대로 연습을 이어갔다. 오랜 시간 배우고 싶었지만 기회가 닿지 않았던 곡들을 하나씩 도장 깨기 하기 시작했다. 비교적 시작이 늦어 월반을 한 관계로 의외로 안 쳐본 명곡들이 많다. 예를 들면 쇼팽의 〈즉흥환상곡〉같은. 첫 곡은 라벨의 〈라 발스*La Valse*〉. 원곡이 오케스트라 곡인 관계로 오시아*Ossia*(같은 구간의 다른 버전)가 많은 이 곡은 워낙 인기가 좋아 두 대의 피아노를 위한 버전을 거쳐 솔로 버전까지 작곡가가 직접 만들었다. (엄청난 난곡을 많이 남긴 라벨 본인의 피아노 실력이 그닥 훌륭하지 못했다는 사실은 안 비밀이다.) 그래서 피아니스트들마다 자기 구미에 맞게 오시아 파트들을 편곡하거나 추가해서 연주한다. 시간이 남아도는 데다 연주까지 없으니 꼭 시간이 무한한 듯 연습을 하기 시작했다. 그러다 오시아 파트들을 거의 빼놓지 않고 다 연주하는 데까지 이르렀다. (이건 매우 불필요한 일이었다. 성부가 너무 많아져서 도대체 뭔 음악인지 알 수가 없을 지경이었다.) 그러던 어느 날, 이 난곡을 너무나 쉽게 휙 연주해버리고 나서 허무함이 강력하게 밀려들었다. '나 혼자 이렇게 열심히 하면 뭐 해.'라는 생각에 의지를 불태우는 게 쉽지 않았다.

결국 허튼가락으로 겨우 찾은 고요함이 무너지기 시작했다. 온갖 부정적인 생각이 엄습해 이대로 세상이 끝나버렸으면 좋겠다는 생각이 들던 찰나, 런던의 윤석이 형에게서 연락이 왔다.

"에튄, 나 요즘 온라인 프로젝트 하고 있는데 작곡 하나 의뢰해도 될까?"

"혼자 해? 나 피아노 솔로 곡은 어려워서 써본 적 없는데…."

"아니! 건우 형… 테너 김건우! 몬트리올콩쿠르 우승자! 알아?"

"이름은 당연히 알지!"

"형이랑 같이 하고 있어."

합창 음악, 대중음악을 써본 적은 있어도 성악가들을 위한 가곡을 써본 적은 없었더랬다. 나 자신의 능력에 의

문을 품었지만, 지금 이 시점에 잃을 게 무엇인가. 최악의 상황이라고 해봤자 그분이 내 곡을 좋아하지 않는 것이었다. 내 정체성을 피아니스트로 규정하기에 그리 겁낼 일은 아니었다.

"응, 해볼게!"

무작위로 시를 뒤지기 시작했다. 그러다가 천상병 시인의 「귀천」에서 멈칫했다. 당시는 COVID-19 프로토콜에 따라 가족의 임종조차 지킬 수 없는 시기였다.

나 하늘로 돌아가리라
새벽빛 와닿으면 스러지는
이슬 더불어 손에 손을 잡고,
나 하늘로 돌아가리라
노을빛 함께 단 둘이서
기슭에서 놀다가 구름 손짓하면은,
나 하늘로 돌아가리라
아름다운 이 세상 소풍 끝내는 날
가서, 아름다웠더라고 말하리라

건우 형에게서 연락이 왔다. 곡이 정말 좋다고. 그렇게 온라인으로 어렵게 초연이 된 이 곡은 내가 좋아하는 독일 가곡들의 기법들을 내 식으로 다시 소화한 습작이라 할 수 있다. 널리 알려진 글일수록 곡을 붙이는 게 부담스러운데, 다행히도 선율이 오롯한 내 음악이라서 그런지 많은 분들이 앨범을 얼른 내달라고 재촉하는 작품이 되었다. 정말 감사한 일이다. 초연해주신 분과 작업을 하면 좋겠지만 워낙 국제적으로 오페라 주역을 다니느라 스쳐지나가기도 어려운 분이라서 여태 만나서 녹음을 못 하고 있다. 노리는 사람은 많은데, 과연 음원의 주인은 누가 될까. 노리는 사람이 많은 이유는 이 곡이 처음부터 김건우라는 스타 테너를 만났기 때문이리라.

작업의 여흥은 그리 오래가지 않았다. 집에 갇힌 지 두 달이 흐르고 더 이상 이렇게는 안 되겠다고 생각했다. 여태 세상의 자유를 속박하는 이 전염병의 공격에도 한국 음악계의 심장은 완전히 멎지 않고 호흡기를 매단 채 연명하고 있는 상태였다. 가면 뭐라도 있겠지. 아무 계획 없이 가방을 싸고 한 달 뒤 한국으로 향했다.

가자마자 임동창 선생님을 찾아갔다. 전라북도 완주의 어느 산속에 위치한 선생님의 집은 그야말로 청정 지역이었다. (함께 거주하는 문하생이 많은 관계로) PCR 검사 음성을 받고 내려가면 밖에 드나들지 않는 한 마스크를 벗고 지내도 되었다.

"선생님, 죽을 거 같아서 왔어요. (논문을 내밀며) 이게 그동안의 결과물입니다. 저 좀 살려주세요."

아무 말씀 없이 차를 드시며 시간을 보내시던 선생님은 갑자기 말씀하셨다.

"소리야. 〈1300년의 사랑 이야기〉, 〈아리랑 변주곡〉, 〈○○○○〉,… 악보 다 가져와라."

"(악보 더미를 내밀며) 쳐봐."

그렇게 늦은 밤까지 초견이 이어졌다. 허튼가락에서 그 막막함을 이미 한 번 경험했던 터라 생각보다 어렵지 않게 읽어나갔다.

"얼씨구, 이제 공부해서 내 곡은 네가 다 녹음하면 되겠다."

"네?"

"〈아리랑 변주곡〉 다시 한번 쳐봐라."

"(갑자기 끊으며) 됐어. 차 마시자."

"(한참 있다가) 너 앨범 있냐?"

"네?"

"음반 있냐고."

"아니요."

"녹음하자. 일주일 줄게. 다음 주에 올 수 있지? 아리랑 변주곡 배워 와봐. 상태 봐서 결정하자."

다음 주는 리허설이 너무 많아서 개인 연습 시간을 찾는 것이 불가능한 시점이었다. 리허설 앞뒤로 한두 시간을 욱여넣었지만 무려 1시간에 달하는 이 곡을 이 페이스로 일주일 만에 준비하는 것은 말이 되지 않았다. '당연히 통과 못하겠지.' 생각하며 일주일 뒤 다시 선생님을 찾아갔다.

"쳐봐."

제대로 맛을 내지 못하고 있다는 사실을 알고 있었다. 식구들도 다 같이 듣고 있었는데 아주 지루해하고 있다는 느낌이 공기를 타고 전해졌다. 거의 절망에 가까운 상태로 연주를 마쳤다.

"(한숨을 쉬며) 깝깝~허다."

"근데, 되겄다. (핸드폰으로 어디론가 전화를 거시며) 한 달 후 정도면 할 수 있겠지?"

"음…."

"(세상 반갑게) 으~ 황 선생! 나여. 별일 없죠? 미국에서 내 허튼가락으로 박사학위를 받고 온 놈이, 응, 글치. 그놈이여. 내 곡을 녹음을 하려고 하는데, 한 달 후쯤 스케줄 가능하겄어요?"

"(돌아보며) 야, 5주 뒤. 3시간이면 되지? (답은 정해져 있었다.) 응 충분혀. 고마워요! 오키."

"(전화를 끊고) 들었지? 5주여. 여기서 쭉 지내면서 준비허믄 되겄다."

수화기 반대편 분은 그래미어워드를 받으신 엔지니어 황병준 선생님이었다. 하루아침에 최고의 팀과 첫 앨범 작업을 준비하게 된 것이다. 여태 다시 생각해봐도 하늘의 뜻이라는 결론 말고는 달리 해석할 길이 없다. 아무튼 보드윈국제음악페스티벌에서의 깜짝 출연처럼 특훈이 시작될 줄 알았는데, 웬걸. 힘 빼는 법, 마음속 복잡한 잡생각을 몰아내는 법을 간단히 설명하신 선생님은 그날로 짐을 싸서 작곡을 하러 또 다른 산자락으로 사라지셨다.

외로운 싸움이 이어졌다. 시작부터 삐거덕거렸는데, 얼마나 시끄러운 머릿속으로 연주를 하는 데 익숙해졌는지 처음엔 단 한 음도 비워진 상태로 연주하는 게 불가능했다. 손을 어떻게 들어야 어떤 소리가 나고, 어떤 속도로 손가락 끝의 어느 부분으로 타건할지, 얼마나 빨리 뗄지, 어떻게 높낮이를 만들어 음악적으로 만들어낼지 등 꼬리에 꼬리를 물고 생각이 이어졌다.

감각을 기억한다. 긴 사투 끝에 드디어 첫 음이 아무 생각 없이 눌러졌을 때 몸으로 들어온 그 전율. 현과 나무의 진동이 손끝으로, 소리의 파동이 필터 없이 귀로 꽂혀 들어왔다.

꼭 물갈이나 침 몸살을 하듯 앓기 시작했다. 한 번에 한 음씩만 연주하다 보니 생각보다 몸의 다양한 부분에 —평소에 느끼지 못하는 부분에—힘이 잔뜩 들어가 있었다는 사실을 알게 됐고, 알지 못한 채로 쌓아온 긴장감이 풀어지면서 몸이 아프기 시작한 것이다. 살도 기하급수적으로 빠졌는데, 당시 사진을 보면 거의 소멸 직전이다. 선생님은 5주에 걸쳐 세 번 레슨해주셨다. 녹음 3일 전 작곡을 마치고 돌아오신 선생님이 집 밖에서 연습하는 소리를 들으시곤 말씀하셨다.

"너 연습 적당히 하라니까 또 죽기 살기로 했구나. 쉬어라. 녹음 당일에 힘 못 쓴다. (식구들에게) 준비해라, 나들이 가자!"

그렇게 산천 유람이 시작됐다. (요즘 얼싱*earthing*이 유행한다는데, 자연엔 정말 원초적인 에너지와 영감이 응축되어 있다. 쉴 수 있는 시간이 주어진다면 어떤 방식으로든 자연과 가까운 데서 시간을 보내는 것을 추천한다.) 온갖 산해진미를 먹으며 몸보신을 하고 돌아왔다.

녹음 하루 전 선생님이 인터뷰를 신청하셨다.

"그동안 피아노 공부한 시간을 차례로 브리핑 해보자."

그렇게 인생 전체가 아니라 피아노 위주로 삶을 요약했다. 내 이야기가 끝났다.

"더 추가하고 싶은 말 있냐?"

"아니요."

"오키. (식구들을 불러모으셨다.) 정리가 끝났다. 자, 클래식은 공부여. 음악의 보고지. 한 작곡가에게서도 수만 가지의 얼굴이 나오는 것, 그게 클래식이여. 아주 성실하게 공부를 잘했는데, 그 과정에서 중심을 놓치지 않고 잘 지켜냈어."

"그 중심이 무엇이냐… 허면. 순수하게 음악을 좋아하는 마음. 그리고 그것을 나누고 싶어 하는 마음. 이건 대단한 일이여. 그래서 이놈에게는 좋은 것을 나누어 사람을 이롭게 하는 것이 제일 중요해. (다시 나를 보며) 좋은 선생님들을 만나서 골고루 깊게 잘 공부했어."

잠시 멈추시고 정적을 즐기셨다.

"성실하게 공부했기 때문에 그 세월은 '순례'가 되었다. 네가 순례를 마쳤구나. 그동안 고생 많았고… 고향에 돌아온 걸 환영한다."

만감이 교차하며 눈물이 쏟아졌다. 내 눈물과 함께 비가 내리기 시작했다. 녹음 날까지 어마어마하게 비가 쏟아졌다.

"얼씨구! 너는 진짜 하늘이 특별히 사랑하는 거 같다, 임마!"

"네?"

"비는 축복이여! 축복이 아주 하늘이 뚫린 것 처럼 쏟아지잖냐. 좋은 일이 많이 생기려나 보다."

그렇게 '순례'를 마친 내게 선생님이 예명을 지어주셨다.

'바'름을 마음의 중심에 두고, 늘

'하'늘을 두려워하는
'랑'—싱그러운 사람

바하랑. 꼭 '바흐의 사촌'쯤 되는 것 같은 이름이 맘에 쏙 들었다. 클래식적인 어감이지만 순우리말로 지어진 이름. '김성필'로 한국을 떠나, 서양음악을 공부한 한국계 미국인 '에드윈 킴'으로 돌아온 나는 이제 한국인의 흥과 신명을 전파하려는 자, 바하랑*BAHARANG*이다.

Interlude No. 4: 타타랑

"소리야."

앞서 소개된 그 부르심의 주인공을 비롯, 〈아리랑 변주곡〉 제작 중에 소멸되어 가는 나를 버티게 해준 이 집 식구들을 '타타랑'이라 부르는데, 나도 그 일원이 되었다. 타타랑은 화가, 일러스트, 발효 음식 연구가, 사진작가, 작곡가, 작가, 가수 등 다양한 직업군의 프로들로 구성되어 있다. 이들은 '진실한' 사람, 그리고 예술가가 되고자 하는 뜻을 가지고 이곳에 들어와 내가 허튼가락을 연구하며 겪었던 그런 순간들을 통해 깊이를 더해가고 있다.

다크서클이 턱 밑까지 떨어지도록 연습하고 있으면 멱살 잡고 끌고 나가 몸보신 시켜주고, '흥'을 찾느라 헤매고 있으면 어느새 나타나 '살랑살랑' '들썩들썩' 주변을 걸어다니며 함께 그루브를 타주고, 피곤이 쌓이고 몸이 풀려 아프기 시작하니 소파에 앉혀놓고 약재 달인 물을 가져와 족욕을 시켜주고…. 무엇보다, 느닷없는 객식구와의 숙식 생활에도 좋은 것을 좇는 마음, 그것에 맞갖은 결과물을 만들어내기 위해 최선을 다하는 마음을 한데 모아 앨범 〈아리랑 변주곡〉으로 향하는 여정이 비포장도로로 들어서지 않고 편안하고 신명 나도록 도와주었다. 처음이었다. 나의 꿈을 그렇게 헌신적으로 응원해준 사람들은. 그래서 지금 나 역시 당신의 평화에 헌신한다.

P.S. 꿈으로 가는 길에는 인내, 헌신, 훈련, 믿음이라는 표지판들이 있다. 어느 것 하나 제대로 지키면서 달리고 있는가.

건드리다

'어…? 김성근 미국 놀러왔네?'

2013년 어느 날. 페이스북에 초등학교 친구의 소식이 올라왔다. 미국 여행 중이었는데 곧 뉴욕을 들른다는 것이었다. 메시지를 보내 언제 뉴욕에 당도하는지 물었다. 그날 바로 모든 조교와 리허설 일정을 정리하고 기차에 몸을 실었다.

같은 아파트, 같은 층에 살던 친구. 이름도 비슷하고 분위기도 비슷해 형제냐고 묻는 사람들이 제법 많았다. (지금도 그런 일이 종종 있는데, 유감스럽게도 둘 다 외동이다.) 어느 날 갑자기 전학을 가서 왕래가 뜸해졌고 연달아 내가 피아노 전공을 시작하고 예원에 가며 자연스럽게 볼 일이 없어졌다. 그렇게 지구 반대편으로 날아온 지 10년째 되던 해, 마음만 먹으면 만날 수 있는 거리에 그가 나타난 것이다. 어렴풋이 남아 있는, 또래보다 조용하고 어른스러웠던 그의 이미지를 회상하며 뉴욕 펜스테이션

*New York Pensylvania Station*에 도착했다.

"어, 와…. 야, 그대로네!"

"바로 알아봤어! 가까운 데 있어 시간이 맞았다니 다행이다."

"밥은? 어디 어디 돌아봤어? 뭐 먹을래?"

관광객이 흔히 다니는 곳에 데려가고 싶지 않았다. 조금 수고스러운 거리지만 근황을 나누며 맨해튼 최남단, 기차에서 예약해둔 스페인 식당으로 향했다. 그는 의대를 졸업하며 수면 위로 떠오른 여러 가지 현실적 고민을 안고 여행을 떠나온 것이었다.

식사 후 타임스퀘어 근처에 위치한 바로 향했다. 클래식을 품위를 잃지 않으면서도 새롭고 흥미롭게 전달할 방법을 찾고 있던 나의 고민과 기획 아이디어에 대해 신나게 떠드는데 친구가 반색을 하며 말했다.

"나 극단이 있어! 연극을 하면 피가 끓어."

대학 동아리에서 시작해 의료계 종사자들로 이루어진 직장인 극단, '건드리다'를 만들어 공연을 올린다는 것이었다. '언젠가 뭔가 같이 해보면 재밌겠다'는 막연한 약속과 함께 예술을 지극히 사랑하는 마음을 뉴욕 한복판에 띄우고, 불과 4시간 정도의 짧은 조우를 뒤로한 채 밤 기차에 몸을 싣고 다시 볼티모어로 돌아왔다. (친구는 기차로 편도 3시간 정도의 거리를 내가 당일치기로 다녀갔다는 사실을 뒤늦게 깨닫고 새삼 감동이었다고 했다.)

몇 달 뒤 메시지가 왔다.

"우리 건드리다랑 같이 공연해볼래?"

극적인 요소를 가진 곡들을 모았다. 선곡과 나누고자 하는 사연이 정리되고, 이를 바탕으로 극단이 연기할 연극들을 친구가 연출했다. (예를 들면 파우스트의 한 장면이 올라가고 메피스토가 웃으면서 퇴장하면 그 웃음소리를 받아서 리스트의 〈메피스토 왈츠〉를 연주했다.) 함께 리허설 할 시간이 부족했기에, 음악 따로 연극 따로 준비했다. 나의 개인적인 이야기를 바탕으로 연출한 파트에서는 내가 직접 배우이자 가수로 나섰다. 'Kevinology'라는 이름으로 활동하는 작곡가 황성빈을 섭외했다. 내가 연주하는 클래식 외에 연극이 진행되는 동안의 배경음악과 내가 노래하는 곡들의 편곡과 반주를 담당했다. 나도 피아니스트인데 반주를 위해 굳이 다른 피아니스트를 섭외하는 것을 의아하게 여기는 사람들도 많았지만, 내 실용음악 반주에는 분명한 한계점이 있다. Kevinology로 말할 것 같으면 누가 어떤 노래를 어떤 스타일로 예고 없이 불러도 그의 조성까지 찾아 바로 반주를 치고 들어오는 선수다. 내가 할 수 있는 것을 나보다 훨씬 잘하는 사람이 있으면 그에게 맡기는 것이 당연하다고 생각한다.

2014년 겨울, 대학로의 미송아트홀에 포스터가 붙었

다. '이야기가 있는 음악.'

작고 아담한 이 공연장에 50명 남짓한 관객이 빽빽하게 모여 앉았다. 2시간 동안 함께 울고 웃으며 소통했다. 극단 건드리다의 전문 배우 못지않은 자연스러움에 감탄했고 그들의 순수한 열정과 작품을 소중히 여기는 마음이 멋있었다. 공연이 끝나고 뒤풀이가 이어졌는데, 1층을 우리가 통째로 썼다. 술자리가 무르익을 무렵 "풍악을 울려야지!" 하는 성근이의 흥을 받아 Kevinology가 건반과 앰프를 가져오고, 콘서트가 시작됐다. 환호하는 무리 속, 한겨울 즐겨 입는 터틀넥과 청바지에 시그니처 베레모를 쓰고, 손에 쥔 빈 초록색 병을 마이크 삼아 김건모의 〈서울의 달〉을 열창하는 영상은 내가 가장 애정하는 기록 중에 하나다. 늘 정제되어 있고 찔러도 피 한방울 안 나올 듯 여유 있는 태도를 뚫고 흘러나오는 '딴따라' 기질. 그게 나니까.

그로부터 8년이 흐른 지금, 그들은 이제 제법 '짬바(짬에서 나오는 바이브)'가 있는 멋진 의사가 되어 누군가의 남편으로, 아내로, 아버지요 어머니로 살아가고 있다. 성근이와는 한국에 들어올 때마다 어렵사리 시간을 맞춰 그의 동네 주변에서 술잔을 기울이곤 한다. 차조차 뜨문뜨문 다닐 만큼 밤이 깊어지면 그의 집에서 가까운 한강 다리를 걷는다. 서 있는 다리 밑으로 지나가는 차들을 보면서 사람 사는 거 별거 아니라는 위로를 받는다는 그의 이야기를 들으며, 별일 천지인 본인의 삶으로도 모자라 타인의 아픔이 가득한 공간에서 일상을 사는 그의 고충을 감히 가늠해본다. 같은 곳에서 그저 멀리, 물과 불빛을 보며 묘한 감정과 영감 사이로 피어오르는 악상을 몸에 기록할 뿐인 나를 돌아보며 비교적 자유로운 삶을 살아가고 있다는 것에 새삼 감사했다. 생각했다. 나의 '이상'을 응원하는 친구에게 변함없이 자유로운 바람으로 머물며 술잔을 채워줘야지.

그때의 꿈결 같은 시간으로부터 항상 종합 선물 세트 같은 공연을 준비하는 올라운드 아티스트 에드윈 킴의 메이킹이 시작됐다. '건드리다'가 잠자는 쟁이의 코털을 건드렸다.

Interlude No. 5: 아버지도

초등학교 6학년 시절 예원학교 입시를 준비하던 나는 낮에는 혼자, 저녁부터는 어머니의 동행으로 연습실에 다녔다. 더블린 국제피아노콩쿠르*Dublin International Piano Competition*에서 10여 년 만에 마주친 선배가 나를 알아보고 물었다.

"어머니도 건강하시지? 기억 나, 콩쿠르 때마다 늘 문 앞에서 묵주기도를 하고 계시던…."

그렇게 어머니의 기도와 헌신이 나를 보호했다. 새벽에 출근해서 새벽에 퇴근하시던 아버지 못지않게 아침 일찍 나가 새벽까지 연습하고 들어오던 나였기에 우리 가족이 모여서 한 끼 식사를 같이 하는 일은 매우 드물었다. (이제 와서 고백하지만 늦깎이 열정으로 대학에서 부전공으로 피아노를 배우셨던 초등학교 담임선생님이 출석 처리를 해주신 덕분에 하루 평균 14시간이라는 말도 안 되는 연습량으로 남들보다 늦은 출발을 극복할 수 있었다.) 미국으로 이민을 와서야 적어도 저녁 한 끼는 온 가족이 함께 식사를 하며 대화가 많아졌다. 그러던 어느 날, 저녁 식사 후 피곤을 견디지 못하고 일찌감치 쇼파에 누워 잠이 드신 아버지를 지그시 보며 어머니가 말씀하셨다.

"너 그거 알아? 엄마도 나중에 알았어. 아빠가 너 예원 준비할 때 매일 출근하면서, 퇴근하면서, 성당에 들러서 촛불 기도를 봉헌하고 오셨다는 거야. 얼마나 간절하면 저 어린것이 종일 목숨 바쳐 연습을 할까. 노력이 상처가 되지 않게 해달라고."

아버지도 기도한다. 아버지도 어머니처럼 간절하다. 우리 눈에 보이지 않는 당신 삶의 작은 순간들에서조차.

일단 할 수 있는 모든 것을 다 해보는 거야

쇼팽 뱃노래 Op. 60

콩쿠르와 오디션 원서를 대행하는 미국 웹사이트에서 느닷없이 알림이 들어왔다.

"당신의 쇼팽 마주르카 연주를 우연히 듣게 되었습니다. 저희 대회에 초대하고 싶습니다. 회신 기다리겠습니다."

호주 국제쇼팽피아노콩쿠르 디렉터가 직접 연락을 한 것이었다. (이미 2010년, 2015년 두 차례 바르샤바 쇼팽 콩쿠르를 준비했었기에, '이제 쇼팽은 그만 칠란다.' 하던 참이었다.) 일단은 절차를 확인하기 위해 웹사이트를 방문했다. 예선 지정곡이 쇼팽의 뱃노래*Barcarolle Op. 60* 였는데, 그때까지 악보를 본 적도 없는 곡이었고, 원서 마감일은 2주밖에 남지 않았었다. "2주 안에 녹음 준비는 힘들 것 같아 참가가 어려울 것 같다, 초대 감사하다." 하고 회신을 했더니, 일단 다른 곡으로 대체하고 되는 대로 녹음해서 지정곡을 추가로 보내달라는 것이었다. 허허 이것

참. 좋다. 그럼 한번 해보지 뭐.

그렇게 또 하나의 인생 곡을 만났다. 손에 매우 잘 맞았을 뿐더러 원체 손에 땀이 많아 검은 건반을 많이 연주해야 하는 곡을 기피하는 편인데, 검은 건반이 많은 이 곡을 쉽게 느끼면서 트라우마도 극복했다. 2주 만에 외워서 녹음하고 원서를 접수했다. 답이 없었다.

그해 여름 나는 벨기에 브뤼셀과 영국 맨체스터에서 독주회가 예정되어 있었다. 주최 측에서 화려한 프로그램을 요청해서 프로그램 전체를 리스트의 악명 높은 곡들로만 꾸며서 준비하기 시작했다. 출국을 3주 앞둔 7월 중순, 호주 콩쿠르 측에서 연락이 왔다. 오라고. 안 될 줄 알고 어려운 지정곡들을 들여다볼 생각조차 하지 않고 있었는데. 여름 리사이틀 프로그램은 이미 다른 레퍼토리로 확정이 되어 준비를 했고. 난감했다. 일단 리사이틀 주최 측에 사정 설명을 하고 프로그램 변경을 요청했다. 잘해야 하는 공연이었지만 이를 마치고 미국으로 돌아와 일주일 만에 다시 호주로 나가야 하는 일정이었기에 새로운 곡 위주로 프로그램을 다시 짜는 수밖에 없었다. 밤잠을 설쳐가며 연습을 하기 시작했다. 팔이 아프고 손이 떨리는 것은 콩쿠르가 끝나고 걱정하기로 하자. 손이 떨리면 통제가 어려워지는데, 그럼에도 불구하고 안정적인 연주를 하기 위해 일부러 무거운 것을 들어 옮겨 손이 떨리도록 만들어 놓고 연습했다. 연주는 성공적이었다. 무사히 마치고 뉴저지로 돌아왔다.

짐을 풀고 여독을 풀 새도 없이 콩쿠르 준비를 했다. 그리고 출국 당일 오전, 가방을 점검하는데 여권이 보이지 않았다. 어찌된 영문인지 늘 넣어두는 자리에 여권이 없는 것이었다. 뉴저지 뉴왁*Newark*공항 분실물 센터에 의뢰를 해봤지만 찾을 수 없었다. 설상가상으로 아버지도 느낌이 좋지 않다며(나중에 말씀해주셨지만 전날 밤 내가 탄 비행기가 추락하는 꿈을 꾸셨더랬다.) 가지 말라는 하늘의 뜻일 수도 있다고 하셨다. 고민도 잠시, 일단 내가 할 수 있는 것이 무엇인지 알아보고 싶었다. 뉴욕에 있는 여권 에이전시에 연락을 했더니 임시 여권 발급이 당일 3시간 안에 가능하다는 것이었다. 일단 여행사에 연락해 비행기를 다음 날 저녁으로 바꾸고 이미 예약이 불가한 뉴욕 에이전시 오픈 시간에 맞춰 새벽부터 줄을 섰다. 제시간에 여권을 받지 못하면 가지 말라는 뜻으로 받아들이기로 했는데, 전날 문의한 대로 오후 2시쯤 발급이 되어 바로 공항으로 향했다.

하루가 늦어지는 바람에 경연 순서도 내 손으로 뽑지 못했다. 끝에서 두 번째였다. 정신없는 와중에 이 대회는 겨우 25명 정도만 선정해서 초대했기에 매 라운드 1시간에 달하는 프로그램을 이틀에 한 번꼴로 경연 무대에서 연주해야 했다. 부끄러운 기록만 남기지 말자는 생각으로 이를 악물고 연주했는데, 정신 차려보니 파이널 라운드에 진출해 있었다. 손떨림이 다시 시작됐다. 한 페이지를 못 넘어가 손이 통제를 벗어나 건반을 누르기 시작했다. '아, 얼마 만에 파이널에 오른 건데 이렇게 또 우승을 날리나….'라는 억울함이 '어차피 1등 못 할 거면 시원하게 내 멋대로 치고나 나오지 뭐.'라는 패기로 바뀌어, 실수고 뭐고 아무 상관 안 하고 신나게 치고 내려왔다.

2시간 후 시상식이 시작됐다. 무대 위에 심사 위원들과 파이널리스트들이 앉았다. 시원하게 말아먹고 3등을 예약했다고 생각한 나는—본선에 세 명만 진출했다.— 긴장이 다 풀려 허리를 펼 힘이 없었고 그대로 의자에 무너진 상태로 앉아 있었다. 3등에 다른 이름이 불렸다. '어… 뭐지? 나 아예 상을 못 받는 건가? 설마 2등?' 그런데, 2등도 다른 친구가 호명됐다. '와… 진짜 상 없이 돌아간다고…?' 하고 실소했는데 1등에 내 이름을 부르는 것이었다. 부끄럽게도 자료가 남아 있다. 놀란 토끼 눈으로 정신 못 차리고 두리번두리번하는 내 모습이 온라인으로 생중계 되어 영상으로 박제된 것이다. 폴란드 쇼팽협회 주최였기에 '쇼팽' 콩쿠르가 되었는데, 지금껏 다들 이야기한다. "그것도 큰 콩쿠르인데 왜 하필 쇼팽이 붙어 있니. 안 붙었으면 좀 더 크게 화제가 됐을텐데(세계 3대 콩쿠르

중 하나인 바르샤바 쇼팽콩쿠르를 우승한 조성진이 있으니까.).”

여권을 잃어버려서, 아버지의 불안한 느낌이 전염되어 콩쿠르에 가지 않았더라면, 손이 떨려 자꾸 나오는 실수에 무너져 무대를 즐기지 못했더라면, 길고 긴 콩쿠르 여정을 1등으로 마무리하지 못했을지도 모른다. 하지만 모든 과정이 갑작스러움의 연속이었는데도 이렇게 준비가 잘된 적이 없다는 묘한 자신감이 있었다. 무대에서 죽이 되는 밥이 되든 이 결과물을 올려보지 않으면 평생 후회할 것만 같았다. 때론 이런 근거 없는 자신감을 하늘이 보살펴주시기도 한다.

보통 콩쿠르에 나가면 호스트 패밀리가 배정되는데, 우리 호스트 할머니 할아버지는 동네에서 제일 좋은 집에 살고 계셨다. 9월 초부터 호주는 겨울의 끝자락에서 여름으로 넘어가는 시점이다. (정말 신기했다. 꽁꽁 싸매고 다니며 콩쿠르를 마쳤는데, 우승자 연주를 하러 다니는 2주 동안 갑자기 여름이 되어 가만히 서 있어도 땀이 날 지경이었다.) 동네에서 제일 따듯한 집인 데다가 본선을 앞두고 손이 아프다고 하자 온갖 허브를 다 넣고 장미 꽃잎에 초까지 띄워 반신욕을 준비해주셨다.

이 할머니의 오지랖은 정말 알아줘야 하는데, 콩쿠르가 끝나고 동네를 돌아다닐 때면 지나가는 사람 아무나

눈만 마주쳐도 나를 '세계적인 피아니스트'로 소개하며 자기 집에서 1등했다고 자랑하느라 바쁘셨다. (부끄러움은 나의 몫이었다.) 재밌는 사실은 할머니의 이 오지랖이 생각보다 매우 효과적이었다는 것이다. 내가 미국으로 돌아오고도 만나는 사람마다 내 자랑을 하시던 이 할머니 덕분에 세계적인 레코드 레이블 회장 아들을 알게 되어 다양한 연주 기회로 이어지기도 했다.

최근에는 유명한 공대 교수님이신 할아버지가 한국에 초청 받아 서울대학교에서 2주간 강의를 하셨다. 공항에서 픽업되자마자 내 자랑부터 한 할머니 덕분에 서울대 교수 만찬에 지인으로 초대 받아 여러 교수님들과 새로운 연을 맺었더랬다.

그렇다. 일단 할 수 있는 모든 것을 다 해보는 거다. 스치는 옷깃의 종류는 과정 속의 최선과 담대함에서 결정된다.

CALL HIM!

바야흐로 2015년 6월 둘째 주 어느 날 이른 오전.

"다녀왔습니다!"

앞뒤로 잔디밭 마당이 있는 파란 집 뒷문을 열고 여행 가방을 내려놓았다. 콩쿠르 하나가 일찌감치 끝나 예정보다 일찍 집에 돌아왔다.

"나 이제 뭐 하지? 이거 잘될 줄 알고 다른 스케줄 안 잡았는데."

"우리 여행 갈까?"

"어디로?"

"글쎄, 캐나다도 좋고… 이태리는 어때?"

한참을 신나서 어디를 갈까 고민하던 중 전화가 왔다. 학교 후배였다.

"형, 지금 어디에요?"

"나? 집. 어, 뉴저지지."

"다른 스케줄 또 뭐 있어요?"

"아니? 왜?"

"아, 다행이다. 연락 갈 거예요!"

뭐지 이건? 그리고 10분 뒤 모르는 번호로 전화가 왔다.

"나 모스크바 심포니 지휘자예요. 프리즈마페스티벌 *Prisma Festival* 음악 감독이죠. 우리가 급하게 피아노 교수를 교체해야 하는데, 올 수 있어요?"

"(반가웠지만 비싼 척하며) 음… 제가 뭘 해야 하죠?"

"교수 챔버 콘서트 연주하고, 학생들 마스터클래스랑 레슨 연주해주면 돼요. 독주회도 가능하면 더 좋고."

"제가 지금 막 일정을 마치고 집에 와서요. 10분만 고민해보고 연락 드릴게요."

한참 점심 상을 차리던 어머니가 '무슨 일인데?' 하는 표정으로 바라보셨다.

"엄마, 나 일하러 가야할 거 같은데?"

"(설명을 듣고) 아빠한테 한 번 더 물어봐."

"(전화를 걸어) 아빠! (상황을 설명한 뒤) 어떻게 할까요?"

"네가 잘할 수 있는 일이야?"

"네."

"그럼 가야지. 다녀와."

다시 디렉터에게 전화했다.

"네. 저 할게요. 언제까지 가면 되죠?"

"(웃음) Right Now! 정말 고마워요. 오피스에서 연락 갈 거예요."

30분… 1시간…. 전화가 없었다. '칫, 뭐야~ 당장 오라더니.' 생각하는 찰나 손에 쥔 휴대폰이 다급하게 진동했다. 예감은 틀리지 않았다.

"네, 프리즈마 오피스 입니다. 김성필 님? 네, 저희가 급하게 비행기를 알아보느라 좀 늦었어요. 뉴저지 북부 사시더라고요? JFK공항에서 출발하는 비행기 예약했어요. 저녁 5시 출발이에요."

"WHAT?? 농담하지 마세요. 지금 이미 2시예요. 휴… 출발 게이트에서 다시 전화할게요."

집에서 공항까지 보통 1시간 30분이 걸리는데… 짐을 아직 안 푼 것이 선견지명이었나. 가방을 풀어 빨래를 내어놓고 새 옷을 쌌다. 필요한 악보 등을 챙기는데 아버지가 도착하셨다.

"(문 열고 들어오며) 응, 가기로 했어? 언제 가?"

"지금! 5시 비행기래!"

헐레벌떡 짐을 싣고 온 가족이 차에 올랐다. 그 사이 어머니는 방금 한 점심을 간단히 챙겨서 나오셨다.

"먹으면서 가. 천천히. 체해."

다행히 차가 많이 막히지 않았다. 3시 45분에 간신히 도착해 아슬아슬하게 체크인을 하고 보안 검색대를 넘어

게이트에 도착한 시간은 4시 20분. 이미 보딩이 시작되었다. 차례를 기다리며 오피스에 전화를 했다.

"일단 도착 후 일정이 어떻게 되죠?"

"밴쿠버공항에 도착하시면 밤이 너무 늦어서요, 호텔을 예약해뒀어요. 택시비 드릴 테니 영수증 꼭 챙기시고…. 여기까지 오시려면 경비행기를 타셔야 하는데, 한 20분 걸려요. 아침 첫 비행기 끊어뒀어요."

"아니, 그건 이미 이메일로 다 보내주셨고요, 연주 일정이요."

"아, 오전 비행기로 들어오시자마자 리허설을 가셔야 해요. 그날 밤에 교수 연주회가 있거든요."

"(이젠 너무 기가 막혀 실성한 듯 웃으며) 곡은 뭘 연주하죠?"

"메시앙*Messiaen*의 〈세상의 끝을 위한 4중주*Quatuor pour la fin du temps*〉…."

"(말을 끊으며) 메시앙? 당장 악보 보내요. 당장."

메시앙은 현대음악에 속하는 프랑스 작곡가로 무조음악이라 악보를 익히는 것이 쉽지 않다. 이미 통화하는 동안 탑승이 끝난 상황이었다. 비행기 문이 닫히고 움직이기 시작했다. 들을 만한 음반을 급히 찾았다. 다운로드를 눌렀는데, 하필 데이터가 잘 터지지 않았다. 승무원이 두 번이나 "휴대폰 전원 꺼주세요."라고 말하고 가는 바람에 더 조바심이 났다. "일 때문에 이거 꼭 다운을 받아야 해서 그래요. 뜨기 전에 꼭 끌게요."라 대답하며 억지로 버티던 그때, 다운로드가 끝났다! 비행기 모드로 전환하고 전원을 끄기가 무섭게 비행기는 활주로를 맹렬히 내달렸다.

파월리버*Powell River*라는 동네는 밴쿠버에서 경비행기로 20분 정도 거리에 있는 청정 지역이다. 산 같은 지형으로 고지대 쪽에 거주지가 집결되어 있는데, 그 위에서 항구 쪽을 내려다보면 바닷가에 햇빛이 부서지고, 꼭대기에 만년설이 내려앉은 산들이 구름 위에 앉아 있다. 그 탁 트인 바닷가와 상쾌한 날씨를 닮은 사람들이 모여 사는 이곳의 관객들은 연주자로 하여금 가장 이상적인 감정적 보상을 느끼게 한다. 어느 누구의 연주라도 온몸으로 듣고 진심으로 행복해하는 이들 앞에 마치 영화의 한 장면처럼 드라마틱하게 등장한 나는 이어진 2주간의 모든 연주를 초견으로 해내야 했다. '망치면 내 커리어는 끝이다.'라는 생각 하나로 정신일도 하사불성. 사람이 궁지에 몰리면 초인적인 힘을 발휘하게 되어 있다. 그때의 선방으로 고정을 꿰차고 지금까지 매년 함께하고 있다. 머리를 오렌지색으로 물들여 가도, 백발로 만들어 가도 "다음엔 무슨 색이냐"며 '너 is 뭔들'을 외치는 이곳 주민들 덕분에 숨 쉴 틈 없이 몰아치는 페스티벌 일정에도 불구하고 매번 마음 엔진에 기름을 '만땅'으로 꽉꽉 채워올 수 있다.

그렇게 만나면 늘 기분이 좋은 관객이 있는 이 페스티벌의 동료 교수님들은 전부 베를린 필*Berlin Phil*, 로열 콘서트헤보*Royal Concertgebouw*, 몬트리올 심포니*Montreal Symphony*, 밴쿠퍼 심포니*Vancouver Symphony*, LA 필*LA Phil* 등 세계 최고의 오케스트라에서 악장 혹은 수석으로 재직 중인 어마어마한 아티스트들이다. 이들과 함께 일하면서 조금 놀라웠던 부분이 있다. 누구라도 부러워할 만한 커리어를 사는 사람들인데도 불구하고 에고*ego*에서 자유롭지 못한 분들이 많다는 점이었다.

한 해는 드보르작*Dvorak* 피아노 5중주를 준비하는데 한 교수님이 자꾸 "simple!" 하게 가자고, 역시 담백한 게 좋지 않겠냐며 목소리를 높였다. 다들 그의 의견을 받아들였고 맞춰서 연주하기 시작했다. 그런데 웬걸. 본인의 솔로 파트만 나왔다 하면 자기 멋대로 째도 부리고* 시도 때도 없이 밀당을 하며 담백함과는 거리가 먼 연주를 하는 것이었다. 결국 자신'만' 빛나기 위해 다른 사람들의 개성을 '담백'이라는 명분 안에 가둬버린 셈이다. 깨닫는 순간 오만 정이 다 떨어지면서 짜증이 났지만, 우리 부모님보다 나이가 많은 교수님들도 그냥 넘어가주는데 한참 막내인 내가 나서서 뭐라고 할 수는 없는 노릇이었다. (당시 조교로 일하던 성악과 교수님이 내게 신신당부했더랬다. 제발 그 입 다물고 연주만 하라고.) 하지만 느린 악장 도입부의 내 피아노 솔로에 대한 그의 한마디는 더 이상의 관용을 불가능하게 했다.

"(비웃으며) 오우, 니가 아직 어려서 모르는 모양인데, 담.백.한. 게 깊고 좋은 거야…. 한 30년 지나면 알려나?"

본인도 겨우 40대 후반, 그 무리에서는 젊은 교수였으면서. 그것도 모자라 심지어 빠른 악장은 느리게, 느린 악장은 빠르게 연주해야 한다고 주장했다. 틀린 말은 아니다. 보통 빠른 악장은 더 빨라지고, 느린 악장은 주저앉아 버리는 경향이 있기 때문이다. 하지만 그의 목적은 그것이 아니었다. 그저 몸과 머리가 편하고 싶었을 뿐이었다. "편하게 편하게, 어차피 관객은 몰라."라는 대사에 이성을 상실했다. 감히 무엇에든 감동할 준비가 된 저 관객을 상대로 곡이 품은 최선의 힘을 전달하지는 못할망정. 나에게 준 모욕보다 우리가 연주할 음악의 힘이 한 사람의 욕심으로 인해 훼손되는 것을 견딜 수가 없었다.

'눈에는 눈, 이에는 이'는 아주 바보 같은 생각이다. '눈에는 창자, 이에는 두개골'이다. 다시는 못 일어나게 산산조각을 내어야 하는데 부순 사람이 누군지는 몰라야 한다. 나는 그의 말에 대꾸하지 않고 조용히 악보에 표시를 하기 시작했다. 그가 등장하는 솔로 파트마다 동그라미를 쳐뒀다. 그리고 어려운 운지가 등장하는 대목마다 체크

표시를 해두었다. 드디어 공연 날, 무대에 올랐다. 첫 음을 시작함과 동시에 내 해석으로 몰아치기 시작했다. 제1바이올린 교수님이 눈치를 챘다. 그가 나머지 멤버들을 끌고 오기 시작했다. 그렇게 제대로 된 템포로 짜릿한 연주를 이어갔다. 다만, 나는 표시해둔 그의 솔로마다 묘하고 아슬아슬한 시간 차로 리듬과 균형을 흔들어 음정을 불안하게 만들고 손가락이 꼬이게 했다. 그렇게 그가 페이스를 잃으면 내가 치고 나가 커버를 해주었다. 한마디로 '병 주고 약 주고'를 시전한 것이다. '무대에서는 무슨 일이든 벌어질 수 있으니까' 그 역시 누구도 탓할 수 없는 노릇이었는데, 누구 때문인지 알 수도 없었다. (이 책이 영어로 번역된다면 훗날 본인 이야기인지 알수도 있겠다. 절대로 번역이 되면 안 되겠다.) 그의 실수를 제외하고 완벽했던 우리의 연주는 전체 기립 박수로 화답을 받았다. 그리고 그 이후로 페스티벌에서 그를 본 적은 없다.

몇 년이 흘러 디렉터로부터 재밌는 이야기를 들었다.

"너 어떻게 여기 오기 됐는지 알아? 그게 생각보다 영화 같았단 말이지…."

"오 그래요?"

"우리가 페스티벌 첫째 주 3일째에 콘체르토(협주곡) 콩쿠르를 하잖아? 원래 고용했던 교수가 그걸 심각하게 말아먹은 거야. 애들이 연주를 하지 못할 정도였어. 그래서 그날 밤 바로 집으로 돌려보내고 다음 날 아침 급하게 피아니스트를 수소문하기 시작했지. 그런데 나는 지휘자고 오케스트라 리허설을 해야 하잖아. 오피스에 맡겨두고 홀에서 한참 리허설을 진행하는데 애들 눈이 자꾸 객석을 향하는거야. "집중!"을 외치면서 한창 지휘를 하는데, 피바디음대 바이올린 교수님이 포디움으로 성큼성큼 걸어오시더니 네 이름이랑 번호가 쓰인 작은 쪽지 하나를 보면대 위에 딱! 내려 놓으시면서 '네가 찾는 사람이야. CALL HIM!' 하고는 쿨하게 돌아서 나가셨어. 어우, 꼬장꼬장한 노인네. 하하."

맞다. 피바디에 들어가자마자 반주를 참 많이 했더랬다.

"너는 도대체… 피아노가 어떻게 시카고 심포니? 아냐… 빈 필하모닉? 무슨 오케스트라 같아!"

꽤 오랜 세월 그 교수님의 학생들 반주를 많이 했다. 마침 내가 자주 같이 일하던 후배가 그 선생님의 제자로 그 페스티벌에 참가 중이었고, 피아니스트를 찾자 두 사람이 다 나를 떠올렸던 것이다. 흔히 말한다. 솔로 피아니스트들이 반주를 잘 못한다고. 사실이 아니다. 본인 연주만큼 남의 연주에 애정이 없어서 그런 경우가 많다. 대외적으로 고고하고 독자적인 길을 걷는 내 이미지 덕에 많이들 내가 이기적이어서 반주를 잘 못할 거라 지레짐작하지만, 난 늘 음악이 먼저고 같이 연주하는 사람이 빛났으면 한다. 함께 음악을 만드는 한 그는 나의 분신이라는 생각으로 애정을 쏟고 최선을 다한다. 그저 조교라서, '내 것도 정신 없는데 적당히' 반주에 임했더라면 과연 이십 대 중반에 할아버지뻘 레전드들과 어깨를 나란히 하며 페스티벌 교수로 가는 일이 이렇게 하늘에서 뚝 떨어질 수 있었을까.

프리즈마페스티벌은 매년 월요일에 시작한다. 토요일에 첫 주 일정이 끝나면 일요일에는 학생과 교수진 모두에게 휴식이 주어진다. 파월리버에서 차로 40분 정도 북쪽으로 향하면 런드*Lund*라는 동네가 나온다. 바다로 이어지는 막다른 길인데, 여기서 시나몬 번이 아주 맛있는 유명한 빵집에 들러 커피와 함께 간단히 아침을 해결하고 나면 교수진에게는 두 가지 옵션이 주어진다. 카약킹 또는 보트트립인데, 나는 보통 보트를 선택한다. 'Desolation Sound'라는 포인트까지 내부에 주방까지 갖춘 멋진 보트를 타고 나가서 닻을 내리고, 몇 시간을 고요 속에서 연어를 구워 먹고 와인을 마시며 탑승한 교수 전원이 각자의 쉼을 가진다. 나를 프리즈마에 강렬하게 데뷔시킨 그 교수님도 같은 보트에 오르셨다.

"봤지? 내가 너를 불러서 여기 왔지만, 관객들이 열광하고 벌써부터 내년에도 네가 함께했으면 좋겠다는 말들이 나오는 건 네 실력이 가져온 결과야."

"네…. 감사해요."

"나한테 감사할 일이 아니라니까? (웃음) 그런데, 내 학생을 반주해주러 올때마다 항상 느꼈어. '참 출중한데, 상 복이 안 따라주는구나.' 너도 그렇게 생각하지?"

"(찔려서 바라보며) 음… 억울하지 않다면 거짓말이겠죠?"

나의 대답에 교수님은 사뭇 진지한 표정으로 말씀을 이어가셨다.

"그러지 마. 담아두지 마.

능력만큼 보상이 따르지 않는다는 걸 받아들이는 게 쉽지 않다는 걸 알아.

그런데 그걸 담아두면 연주에 묻어나.

사실은 내가… 너의 연주에서 그 상처를 느껴.

여기서 스타가 됐지? 여기 이 작은 동네가 말이야, 인구가 만 명이 넘어.

이곳 주민들은 앞으로도 쭉 너를 세계적으로 유명한 피아니스트로 기억할거야.

그렇게 쌓아가는 거야. 상 복이 따르면 따르는 대로, 따르지 않으면 따르지 않는 대로.

가는 곳마다 다른 연주자들이 100%를 발휘하면 101%를, 단 1%라도 다른 누구보다 더 완벽하게 준비해서 아름다운 연주를 하는 거야.

그렇게 만 명씩 쌓아가다 보면, 어느 날 갑자기 터지듯 유명해지는 거야.

다만, 유명해지려고 애쓰지 마. 실력을 계속 채우고 공부해.

커리어가 안정권에 접어들면 공부하기가 힘들어. 배운 걸 계속 소진하면서 살아야 하거든.

그 시점까지 누가 더 많이 깊게 채웠느냐에 따라 어떤 연주자로 얼마나 오래 살아남을 수 있는지가 결정되는 거야.

그렇게 놓고 보면 유명해지는 시점이 멀어질수록 더 좋은 거지. 깊이를 다져가며 때를 기다리라고.

너… 아주 잘하고 있어, 인마!"

당장은 아무도 알아봐 주지 않고, 조금은 억울했는지도 모르겠다. 하지만 남들이 100% 할때 1%만 더 해낼 수 있다면 —영어로는 'go the extra mile'이라는 표현이 있다.— 분명히 언젠가 CALL HIM! 해야 할 일이 생겼을 때 제일 먼저 떠오르는 사람이 될 거라고 믿는다. 지금 어디선가, 누군가 이 글을 읽는 당신을 떠올리며 "Call him/her!"를 외치고 있길 바라본다.

* '멋을 부리다'라는 뜻의 전라도 방언.

노래란 말이다

네드 로렘, 〈The Silver Swan〉

"그니까. 그 입 다물고 연주로 보여주면 돼. 누가 질문하면, 최대한 짧게 단답형. 꼬리 달지 말고, 자랑하지 말고. 그들의 말을 들어주고 친구가 되어주고 와."

프리즈마페스티벌 합류를 앞두고 몇 시간 만에 느닷없이 레전드 교수님들과 어울리게 됐다는 사실에 내 부족한 사회성이 걱정되어 최근 통화 기록 제일 윗단에 있던 연락처로 전화를 했다. 이 지혜를 단호하게 알려준 수화기 너머의 선생님은 바로 소프라노 홍아영 선생님이다. 노래를 좋아하는 나는 성악 반주를 주로 했는데, 학부 1학년때부터 논문만 남겨두고 캠퍼스를 떠날 때까지 총 10년의 세월 동안 피바디음악원의 모든 성악 교수님들의 수업과 클래스 반주 조교를 한 번씩은 다 맡았다. 나를 거쳐 간 성악과 친구들만 해도 수백 명에 달할 텐데, 전공이 클래식이지만 뮤지컬이나 대중음악을 더 잘 소화할 것 같은 목소리도 많았다. 신기한 건 다들 졸업 후 각자의 목소리에 맞는 분야를 찾아 성공적인 커리어를 만들어가고 있다는 사실이다.

모든 악기를 통틀어 가장 변수가 많은 종목이 성악이다. 컨디션에 따라 호흡의 길이와 연주 속도가 달라지고, 가사가 많기 때문에 예상치 못한 실수가 자주 등장하기 때문이다. 이 예측 불허함에 대해 깊이 공부하고 이해할 수 있었던 시간은 바로 홍아영 선생님의 스튜디오 반주 조교로 일했던 3년이었다. 하루 평균 여섯 명의 레슨을 반주했는데, 일주일에 30시간 정도를 성악 레슨실에 앉아 있었던 것이다. 다른 성악 교수님들의 교수법도 다채롭고 재밌었지만, 홍아영 선생님의 레슨은 마치 '수학 공식 쉽게 푸는 법'처럼 극도의 효율성을 자랑한다는 점이 정말 신기했다.

"사과를 문다고 생각하고 턱을 툭 떨어트려 봐."

"~ing 소리를 내봐. 혀가 어디에 있어? 그렇지 혀 뒤가 천장에 닿지. 자, 이제 그 부분에 힘을 살짝 빼서 공간을 만들어봐."

"OK. 이제, 혀끝을 아랫잇몸 밑에 있는 골로 쭉 밀어봐."

"코를 골아봐. (드르렁) 그렇지. 거기야. 그 뒤에 있는 공간으로 호흡이 들어가고 거기서 소리가 난다고 생각해봐."

아주 정확하지 않은가. 레슨 일정이 끝나고 이어서 내 연습을 하고 나면 연습실을 나서기 전에 거울을 보면서 그날의 테크닉을 전부 시도해봤다. 노래가 늘지 않을 수가 없지 않나. 레슨 반주를 들어가면 피아노 치는 시간보다 수업을 참관하는 시간이 더 길다고 보면 되는데, 속으로 몰래 학생들의 문제점을 진단해보고 선생님의 진단과 일치하는지 확인하며 나름의 데이터를 쌓아가고 있었다. 그렇게 2년째 일하던 어느 날, 분명히 소리도 좋고 군더더기도 없는 좋은 노래를 하고 있는데 뭔지 모르게 호흡이 달리고 힘이 들어가는 소프라노 학생의 레슨이 있었다. 선생님은 이를 해결해주기 위해 별의별 방법을 다 동원하고 계셨지만 좀처럼 개선될 여지가 보이지 않았다. 해답이 무엇일지 속으로 함께 고민하고 있었는데, 선생님이 갑자기 나를 바라보며 말씀하셨다.

"성필, 어떻게 생각해? 내가 지금 문제가 아닌 걸 문제라고 생각해서 해결하려고 하는 것 같아?"

"(화들짝 놀라서) 네? 그걸 왜 저한테 물어보세요?"

"(눈알을 굴리며) 내가 모를 거 같아? 너 이제 성악 스튜디오 하나 차려도 될걸? 벌써 2년째 나랑 같이 내 학생들 노래를 진단하고 있잖아. 노래 연습도 꾸준히 하면서."

"(당황해서) 그건 그렇지만…"

"(자르며) 소리는 부드러운데 분명히 힘이 들어간 느낌이 든단 말이지. 호흡이 어디로 새고 있는 거 같은데…"

결국 선생님 생각에 동의하고 있음을 알리며 이전에

비슷한 문제를 가진 학생에게 어떤 솔루션을 주셨는지 말씀드렸다.

"예전에 OOO가 비슷한 문제가 있었어요. 호흡을 많이 쓰면 되레 힘으로 밀어내는 듯한 결과가 나니까 소리 길을 섬세하게 유지하려고 호흡을 아껴 쓰고 있었는데, 그 바람에 어깨에 힘이 들어가서 에너지가 분산된다고 말씀하셨던 적이 있어요."

"아! 맞네. (등받이가 없는 높은 의자를 가져 오시며) 여기 의자 모서리에 명치를 대고 엎드려봐."

호흡 수업이 다시 시작됐다. 중력으로 가라앉는 몸의 무게를 숨을 마셔 부푼 배로 버티는 연습인데, 자연스럽게 가슴도 벌어지고 배와 등 근육을 골고루 쓰는 감각을 리마인드해 주는 좋은 방법이었다. 그리고 그 후로 선생님은 나를 본격적으로 레슨에 참여시켜 추가 조언을 하게 하셨고, 리사이틀이나 오디션 준비하는 학생을 나에게 코칭을 받으라고 보내기도 하셨다. 그렇게 '보컬 코치'가 되었는데, 막중한 책임에 걸맞게 더욱 세밀하게 노래하는 학생들의 상태를 관찰하다 보니 가수가 집중이 흔들리거나 불안감을 느낄 때 몸에 어떤 변화가 일어나고 그것이 소리에 어떤 영향을 미치는지 느껴지기 시작했다. (물론 내가 신도 아니고 모든 사람을 매 순간 완벽하게 읽어내는 것은 아니다.) 그래서 가사를 까먹는다거나 곡의 흐름이 뒤죽박죽 된다거나 하는 위기의 상황이 임박했다는 신호가 숨소리에서 느껴지면 미리 어떻게 대처할지 준비하기 시작하기 때문에, 예상대로 위기가 닥치면 마치 원래 그런 음악인 것 처럼 커버해줄 수 있었다.

선생님의 레슨은 정말 종잡을 수 없이 변화무쌍했다. 논리적으로 간단명료하게 설명하시는 경우가 있는가 하면 어떤 때는 연극배우가 되어 메소드 연기를 보여주시기도 했다. 퓰리처상 수상자인 미국 작곡가 네드 로렘*Ned Rorem*의 〈The Silver Swan〉 이라는 곡을 지도하시던 모습은 잊을 수 없는 감동적인 충격으로 기억에 남아 있다.

> The silver swan who, living, had no note,
> (살아 있지만 소리를 잃은 은빛 백조가)
> when death approached, unlocked her silent throat.
> (죽음이 다가오자 잠겨 있던 목을 열었다.)
> Leaning her breast against the reedy shore,
> (가슴을 갈대밭에 기대고,)
> thus sung her first and last, and sung no more:
> (처음이자 마지막 소리를 노래하고, 더 이상 노래하지 못했다.)
> "Farewell all joys, O death come close mine eyes.
> ("기쁨이여 안녕, 죽음이여 내 눈을 감겨줘.)

More geese than swans now live, more fools than wise."
(백조보다 거위가 많아진 세상, 지혜로운 이보다 어리석은 이로 가득찬 삶.")

엄청난 고음의 가곡인데, 그 악명 높은 〈밤의 여왕〉 아리아의 최고음보다도 한참 더 높이 고음이 올라가는 이 친구는 목소리마저 너무나 예쁜 학생이었다. 자연히 노래 자체에는 흠이 없었다. 그러나 문단 사이사이 백조의 '처음이자 마지막' 절규가 가사 없이 '아~'로 후렴구처럼 이어지는데, 가슴이 저릿저릿해야하는 순간이 아름답기만 한 것이었다.

"은빛 백조가 보이니?"

학생이 고개를 저었다.

"보이지 않는 것을 어떻게 노래하니. 자, 우리 나이든 사람을 'silver'라고 표현하기도 하잖아? 죽음을 앞둔 늙은 백조가 갈대밭에 서 있어. 보여? 봐야해…. (직접 상상 속의 백조를 바라보며) 저 죽어가는 백조가 죽기 전에 남아 있는 모든 힘을 모아 뱉어내는 마지막 한숨을…."

몰입하는 모습에 나도 모르게 반주를 시작했고, 선생님도 이를 받아 본격적으로 노래하기 시작했다. 반주를 하면서도 눈은 선생님에게 고정하고 있었는데, 선생님이 눈 깜짝할 새 눈물을 쏟기 시작했다. 그리고 그 눈물은 나에게로 전염되어 눈물바다가 되어버렸다.

"봐. 피아니스트마저 몰입해서 같이 눈물을 흘리는데. 너는 여전히 마음을 움직이게 놔주지를 않는구나."

"너는 노래에서 두 가지 역할을 맡고 있어. 죽음을 앞둔 늙은 백조를 묘사하는 내레이터, 그리고… 그 백조가 바로 너이기도 하지."

아, 저거구나. 감정을 전부 느끼면 목이 메고 몸이 긴장하니 멀리 떨어져 있는 게 좋지만, 그 감정을 오롯이 느끼기도 해야 하는 것이다. 감정을 외면하는 것이 아니라 관조하는 상태로 노래해야 하는 것이다. 피아노도 마찬가지가 아닐까 생각했다. 음악이 기쁘면 미소가 지어져야 하고, 슬프면 눈물이 맺혀야 한다. 그 모든 순간에 몸에는 고요함이 깃들어 있어야 하는 것이다. 이어서 선생님이 말씀하셨다.

"노래라는 건 말이야. 네 귀에 듣기 좋으면 힘이 빠진 소리가 아니야. 완전히 발가벗겨진 상태, 그 날것의 소리를 두려움 없이 온전히 내어놓을 때, 노래하는 공간의 공기와 거리를 거쳐 관객의 귀에 좋은 소리로 꽂히는 거야. 내가 갇혀서 소리를 붙들고 있으면 관객에게 닿지 못해."

맞다. 틀릴까 봐 소리를 손안에 쥐고 손가락을 조심스럽게 붙들면서 피아노를 연주하면 실수는 줄어들겠으나 그 소리가 맑고 경쾌하게 탄성을 가지고 뻗어나가지 못한다. 머리부터 어깨를 거쳐 손끝까지 막힘이 없어야 내가 느끼는 감정이 빠짐없이 소리에 담겨 공간으로 쏘아 올려진다. 자기만족과 자기방어에 대한 본능으로부터 자유로워지는 것. 그것이 노래가 아닐까.

사람 관계도 이래야 하지 않을까.

선생님과 나는 가끔 수업이 끝나고 와인을 함께하곤 했는데, 저녁 5시에 시작해 자정이 넘도록 오로지 음악과 와인만 존재하는 시간을 보내기도 했다. 한창 순수한 열정을 불태우며 열변을 토하던 선생님이 말을 멈추고 와인 잔을 스월링*swirling*하더니, 와인 잔 벽을 타고 흐르는 '와인의 눈물'을 바라보며 갑자기 시무룩해졌다.

"에드윈, 나는 이제 정말… 뭐가 맞는지 모르겠어. 다들 좋다고, 옳다고 말하는 연주에… 그들의 해석에 나는… 나는 동의하지 않아. 어떻게 부르고 표현해야 내가 행복한지는 알지. 그런데 내 학생들은 정답을 원하잖아. 세상이 환호하는 이들을 바라보며 성장하는 학생들에게 난 뭐라고 해야 해?"

Ensemble Evolve

홍아영 선생님 조교 2년 차, 선생님에게 변화가 일어났다. 저명한 로마상*Rome Prize*에 빛나는 미국에서 가장 존경받는 젊은 현대음악 작곡가 중 하나인 마이클 허쉬*Michael Hersch*의 모노드라마 오페라에 캐스팅이 된 것이다. 인간의 가장 절망적인 아픔을 노래하는 작품에 메소드 연기를 하는 홍아영 선생님은 완벽하게 빠져들었고, 레슨실에선 항상 유쾌하고 익살스럽던 선생님이 줄곧 어두운 얼굴로 세상의 부조리에 대해 염려하며 내면으로 침잠하기 시작했다.

선생님이 가장 아끼는 피아니스트 중 하나였던 나도 마이클 허쉬의 작품을 연주하게 되었는데 나 역시 그 어두움에서 자유롭지 못했다. 연습을 하고 나면 정신이 나가 멍을 때리게 되는데 그 음악이 몸에 남겨둔 진동들이 두세 시간이 지나서야 이유를 알수 없는 통곡으로 이어지곤 하는 것이었다. 재밌는 사실은, 정작 작곡가 자신은

오선지에 본인의 슬픔을 모두 덜어내서인지 밝음으로 꽉 차서, 함께 있으면 아주 기분 좋고 유쾌한 사람이었다는 것이다. 테크닉적으로도 새로운 도전이었고 아주 어려운 음악 세계였는데, 잘 해내고 난 후의 감정적 보상 또한 아주 컸다. 계속 작업을 이어나갔다면 그와 함께 세계를 누비고 다녔을지도 모르나(홍아영 선생님은 그의 뮤즈로 대체 불가한 연주자의 삶을 살고 있다.), 내 슬픔을 끊임없이 되새김질하게 되는 연습 시간을 견딜 수 있을지 의문이었다. 그의 작품 발표회를 따라 다니며 그 어마어마한 천재성에 매번 감탄했지만 동시에 관객 대부분이 전문가라는 사실을 깨달으며 고민이 시작됐다. '현대음악을 대중화할 수 있을까?'

시대를 거치며 음을 다루는 방식, 악기를 다루는 방식이 아주 다양해졌다. 그런 테크닉들을 총집합해서 만든 음악이 현대음악인데, 조성이 없는 음악인 경우가 많다 보니 일반 대중에게는 난해하게 느껴질 수 있다. 하지만 그런 음악도 대중적으로 만들 수 있지 않냐는 말에는 어패가 있다. 그 음악이 난해한 이유는 대중적이지 않은 음악적 언어를 사용하기 때문이다. 다만, 여기서 결론이 나면 안 된다. 일반인도 현대음악을 재밌게 들을 수 있다. 머리로 이해하는 것이 아니라 그냥 그 소리가 주는 감각들을 면밀히 살피면 된다. 꽝! 때리면 놀라고, 칠판을 긁는 것 같은 소리가 나면 괴롭고 불안하며 불쾌하고… 들리는 그대로가 작곡가의 의도라고 받아들이고 듣다 보면 생각보다 꽤 일상적인 삶의 현장이 눈앞에 펼쳐지기도 한다. '클래식은 아는 만큼 들린다'는 고정관념 때문에 논리적으로 이해하려 하니 그동안 익숙해진 세계에서 벗어난 소리가 괴롭고 지겨워졌던 것뿐.

여기서 짚고 넘어가야 할 사실이 한 가지 있다. 현대음악을 좋아하는 사람들은 그동안의 클래식을 '오래되고 진부한 음악'으로 치부하는 경향이 있고, 그 반대편에 선 사람들은 현대음악을 두고 '저게 소음이지 음악이냐' 하는 경우가 많다. 나는 그 사이를 잇는 다리 역할을 하고 싶었다. 그래서 고안해낸 아이디어가 바로 연주할 스탠더드 명곡을 하나 선택하고 그 곡에 영감을 받아 작곡할 작곡가를 찾아서 작품을 의뢰하여 신곡을 초연하는 방식이다. 예를 들어, 이번 공연에 드보르작의 피아노 5중주를 연주하려고 하면 작곡가를 선정, 드보르작의 곡에서 받은 영감으로(오마주는 권장하지 않는다.) 자기만의 새로운 곡을 작곡하는 것이다. 함께할 현악 주자들을 찾기 시작했다. 쉽지 않았다. 기존의 스탠더드 레퍼토리를 훌륭하게 연주하는 사람들은 실험적인 현대음악을 굳이 연주할 필요가 없는 커리어를 가진 경우가 많았고, 현대음악에 특화된 사람들은 스탠더드를 놓은 지 너무 오래되어 그 감각을 잃어버린 것이다. 나는 두 가지를 다 유지하고 완벽하게 연주하는 동료들이 필요했다. 그렇게 5년을 인내했고, 원하는 능력을 가진 엄청난 멤버들을 설득해 팀을 구성했다. 전부 뉴욕을 기반으로 한 아티스트들이었다.

야심 차게 공연을 기획했던 2019년, 위기가 찾아왔다. 멤버 하나가 다른 나라에 직장을 구해서 떠나는 좋은 일로 연주를 함께하지 못하게 된 것이다. 공연은 2020년으로 미뤄졌다. 그리고 그해 11월, 나는 두 달 뒤 있을 피아니스트 최현아와의 듀오 연주를 준비하기 위해 한국으로 들어오게 되었다. 마침 내가 구성한 앙상블의 비전에 걸맞은 프로그램을 올릴 예정이었고, 현아 누나와 앙상블 원년 멤버들의 동의를 구해 'Ensemble Evolve'의 이름으로 첫 공연을 올릴 수 있었다. 2020년 1월 그 공연 이후로 팬데믹이 터졌다. 2020년 가을로 미뤄졌던 창단 멤버들과의 뉴욕 데뷔 연주는 지금까지 무기한으로 연기된 채, 객원 멤버로 퀸텟을 꾸려 2021년 예술의전당에서 슈베르트의 〈Trout(송어)〉 5중주와 그에 영감을 받아 작곡된 퓰리처 수상자 케빈 푸츠*Kevin Puts*의 〈Red Snapper(빨간 도미)〉 5중주를 함께 선보였다.

현재는 주목 받는 신예 작곡가들을 라인업으로 구성하여 다양한 기획을 준비하며, 한국과 더불어 미국에서의 활동을 재개할 날을 기다리고 있다.

트리오 Suits

〈Hidden Figures〉 콘서트

'어? 얘 예원 동기 아니야?'

금속공예가이자 성가 가수인 성당 누나가 새 싱글을 작업하는데 첼리스트 한 명과 함께한 사진을 소셜미디어에 올렸다. 얼굴도 익숙하고 이름도… 아무리 봐도 친구가 맞다.

"누나, 그 첼리스트 제 예원 동기 같은데… 혹시 저 아는지 모르겠어요."

잠시 후.

"야, 웬일이야. 맞네. 기억한대."

첼리스트 신호철. 내 어린 시절 기억으로는 키도 작고 동글동글했는데, 사진 속의 그는 호리호리하고 길쭉해져 있었다. 바로 식사 약속을 잡았다. 그동안 어떻게 지냈나 이런저런 이야기를 하는데 글쎄 이 친구가 미국의 우리 동네 근처에 살면서 나도 자주 방문했던 성당의 지휘자로 봉사를 했었다는 것이다. 동기가 맨해튼음대를 다니는 동안, 같은 천주교 신자에 옆 동네 성당을 각자 다니면서 이름 한 번 들어보지도, 하다못해 돌아다니다 스쳐 지나가지도 못했던 것이었다.

사실 호철이가 뉴저지에 있을 무렵 나는 정말 긴 슬럼프의 터널을 지나는 중이었다. 다시 피아노로 돌아온 지 3년 만에 국제 무대에서 수상하기 시작해 연이어 승승장구할 줄 알았는데, 2012년부터 2016년까지 꾸준히 고배를 마셨다. 자연히 연주가 없는 시간이 이어졌다. 무대 감이 떨어질까 염려하다 각성하고 포트폴리오를 만들어 연주 시리즈가 있는 각 교회와 공연 기획 에이전시들에 무작위로 손 편지와 이메일을 보내고 발품을 팔기 시작했다. 그렇게 1년을 메아리 없이 공들이던 어느 날, 한 교회에서 연락이 왔다. 피아노 조율, 포스터 제작, 티켓 판매, 무대 및 객석 세팅 등 모든 것을 혼자서 해야 했다. 그 공연의 성공으로 입소문을 타 크고 작은 기획 공연을 다양하게 만들어 올릴 수 있었다. 그 공연들에서 시를 읽고, 나의 상처를 들려주고, 관객의 이야기를 듣고 즉흥연주를 해주기도 하며 다양한 기획적 시도를 이어나갔다.

"나는 음악으로 사람들 속에 섞여서 자유롭게 함께 춤추고 싶어. 이왕 행복한 거 다 같이 행복하면 좋잖아."

"그러니까. 너무 좋지!"

'꼭 한번 같이 판을 벌여보자'는 약속을 다짐하며 헤어졌다. 그리고 나는 몇 달 뒤 국악-양악 크로스오버 프로젝트 '다르미가틈'에 참여하게 되었다. 바이올린-해금, 플룻-대금, 피아노-가야금 이렇게 매치되는 악기들로 구성된 팀이었는데, 바이올리니스트가 첫 리허설부터 인사도 데면데면하고 뚱해서는 잔뜩 뿔이 나 있는 것이었다. 동갑내기라고 들었는데 화려한 이력만큼 연주 영상도 훌륭해서 인연이 되어 같이 일하면 좋겠다고 내심 기대했었는데. 그렇게 특별한 소통 없는 리허설들이 이어졌고 연주 전날이 되어서야 이야기를 나눌 기회가 있었다. 각자 말 못 할 사정과 오해가 있었는데 허심탄회하게 풀어놓고 나니 웬걸, 세상 익살스럽고 유쾌한 친구가 아닌가! 공연 당일, 사라사테*Sarasate*의 〈카르멘 환상곡*Carmen Fantasy*〉을 해금과 가야금의 반주로 연주한 그의 시원시원한 소리와 악기를 들고 서 있는 모습에서 풍기는 묘한 스웩*swag*이 뇌리에 박혔다.

그렇게 바이올리니스트 소재완과 첼리스트 신호철이 나를 교집합으로 모여 결성된 팀이 트리오 'Suits'다. Suits는 남성복 정장을 말하는 명사이기도 하지만, '어울리다'라는 동사로 쓰이기도 한다. 서로 성향이 다른 세 명이 어울려, 빠르게 변하는 시대에 어울리는 신선한 프로그램을 선보이고 싶었다. 그래서 쇼팽, 슈만 등 널리 사랑 받는 낭만 시대 작곡가들과 같은 시대를 살았던 여성 작곡가 3인(클라라 슈만*Clara Schumann*, 에이미 비치*Amy Beach*, 레베카 클라크*Rebecca Clarke*)의 곡들만 한데 모아서 첫 프로그램을 기획했고, 제2회 예술의전당 여름음악축제에 선정되어 티켓 오픈 당일 매진되는 뜨거운 관심 속에 화려하게 데뷔했다.

오스트리아에서 성장한 소재완, 한국에서 대학을 마치고 미국에서 유학한 신호철, 한국계 미국인인 에드윈 킴. 이들의 공통점은 '음악을 위해 헌신하고자 하는 마음'이다. 각 곡을 어떻게 연주할지 열띤 토론이 이어질 때 그 누구도 자신이 홀로 빛나기 위해 투쟁하지 않는다. 오로지 '어떻게 하면 이 음악이 가진 모든 잠재성을 깨워낼 것인가'에 초점이 맞춰져 있다. 하나의 팀으로 만들어내는 모든 음악적 결정에 리더인 나의 영향이 두드러지는 부분이 하나 있다면, 아마도 정석과 색다른 시도를 하나의 본질로 이으려는 노력일 것이다. 마치 오래전 시대를 풍미한 '어깨 뽕 패션'이 다시 돌아와도 예전과는 다른 현대적 감각으로 재해석되어 유행하듯이, 악기를 통해 감정을 표현하는 도구가 훨씬 다채로워진 현대음악 테크닉을 접목해서 기존의 스탠더드 레퍼토리를 연주하는 것이다.

깊이 있는 음악은 클래식을 모르는 관객에게는 지루하다? 그건 오히려 관객에 대한 음악계의 편견이 아닐까. 익숙함에서 오는 안락함은 안정적이다. 허나 관객은 언제나 명오明悟가 열리는 신선한 작품을 만날 준비가 되어 있다고 믿는다. 그 시도가 열정과 최선을 다한다고 해서 늘 성공적일 수는 없겠으나 시도조차 하지 않으면 양쪽 다 더 이상의 발전을 기대하기는 힘들다.

자랑하려고 하는 말은 아니지만 —맞을지도 모른다.— Suits의 예술의전당 데뷔 무대는 내 생각을 어느 정도 뒷받침 해준다고 생각한다. 슈만의 아내이기도 한 클라라 슈만은 독일, 에이미 비치는 미국, 레베카 클라크는 영국을 각각 대표하는 비르투오조*virtuoso*이자 작곡가였다. 이들의 작품을 앞뒤로 연달아 소개하며, 여성이 작곡가로 나서는 것이 받아들여지지 않던 시대를 살아낸 그들의 편지 속에 담긴 번뇌를 질문처럼 관객에게 던졌다. 코멘터리도 연주도 반응이 아주 뜨거웠다. 앙코르 공연 안 하는지, 앨범 제작은 안 하는지 질문과 요청이 쏟아졌다. 그 결과로 2022년 12월 1일 판교 성음아트센터에서 앙코르 공연이 올라갔고 앨범 제작도 진행 중이다.

특정 사상을 논하거나 그것의 옳고 그름을 가리자고 질문을 던지는 것이 아니다. 지금 우리 사회가 마주한 수많은 투쟁에 담긴 공통된 요구는 '상호 존중'이다. '존중'이라는 가치에 대해 함께 생각해보고자 했을 뿐이다. 시대가 마주한 여러 가지 문제점에 대해 예술처럼 부드럽고 아름답게 질문할 수 있는 분야가 또 있을까.

음악을 통해 세상과 대화하고자 한다. 그래서 Suits는 소외된, 숨은 보석들을 소개하는 프로그램을 연이어 준비하고 있다. 우리의 첫 기획 제목이 'Hidden Figures(숨겨진 인물들)'였다. 동명의 영화에서 영감을 얻었다. NASA의 보이지 않는 곳에서 세상을 움직였던 숨겨진 천재들.

1등이어도 이상하지 않은 2등이 넘쳐나는 시대. 출퇴근길 지옥철 당신 옆에 서 있는 바로 그 사람일지 모를, 그들의 이야기를 찾아다니는 중이다. 아, 당신이 그 주인공일지도 모르겠다.

"연주자가 연주자의 능력을 뽐내지 않을 때 그 음악이 사람과 사람 간의 대화의 장을 열어준다고 생각해요."

—2021. 12. 26. 〈KBS 뉴스〉 인터뷰 중에서

대본 없는 강연

김수환 추기경 탄생 10주년 기념 콘서트

'아직 30분….'

조마조마했다. 분명히 30분은 주신다고 약속을 받아서 그 정도의 이야기를 준비했는데. 하지만 속절없이 시간은 흘러갔다. 이제 약속된 강의 시간이 겨우 10분 남았다. 그때, 수녀님의 목소리가 들려왔다.

"자, 이제 오늘 옆에서 아름다운 목소리로 노래를 불러 준 우리 청년. 제가 또 청년들을 사랑하거든요. 저… 얼굴 봐요. (웃음) 잘생긴 청년들을 좋아해요. 하하하. 바실리오의 이야기를 함께 듣고 마무리하겠습니다. 바실리오?"

당황스러웠다. 이렇게 많은 사람들 앞에서, 그것도 또래도 아닌 어른들을 대상으로 나의 삶과 신앙 이야기를 풀어놓는다니. 준비한 이야기는 해야겠고, 시간은 짧고, 두서없이 횡설수설하다 10분이 끝나버렸다.

성도미니코 선교수녀회 이미숙 아가다 수녀님. 일명 '푸우 수녀'로, 웃음 치료사로 널리 알려진 수녀님의 초대로 강연 투어에 합류했다. 2012년 3월 스페인에서 열린 한 국제 콩쿠르 1차에서 떨어진 그날, 나는 '원 펀치 세븐 강냉이'가 털렸더랬다. 비디오 심사를 보낸 콩쿠르 네 개 모두 탈락, 박사 시험 탈락, 최고 연주자 과정 두 군데 탈락(사실 한 곳은 합격이었으나 원하던 교수님 스튜디오로 배정받지 못했다.). 몸도 마음도 너덜너덜해진 상태로 뉴저지로 돌아왔다. 그런데 성가대 지휘자님이 전화를 주셨다.

"바실리오 어디야? 집에 왔지? 오늘 밤부터 유명한 수녀님이 우리 성당 오시는데, 찬양 팀에 노래할 사람이 부족한데."

정말 꼼짝하기 싫었지만 집에 있으면 우울함에 잡아먹힐 것만 같았다. 수녀님의 강의는 정말 재밌었다. 아무 말씀 없이 서 계시기만 해도 엔돌핀 그 자체였다. 내가 지금 웃을 상황이 아닌데, 웃으면 안 되는 기분인데, 자꾸 웃음이 새어 나오는 게 막 자존심이 상할 지경이었다.

"자, 일단 웃어봅시다. 15초! 아하하하하하하!"

"아침에 일어나서 '눈이 떠지게 해주셔서 감사합니다.' 하고 15초, 이 닦으면서 거울 보고 15초, 운전하고 출근하다가 빨간불에 걸리면 15초, (좌우 확인하고 웃으셔야 해요, 신고 들어가요. 운전대 앞에서 정신 나간 사람 있다고!) 퇴근해서 집에 들어오자마자 15초, 세수하고 나서 15초, 자기 전에 '내일 아침에도 무사히 눈뜨게 해주세요.'

하고 15초.”

기억했다. 당장 오늘 밤부터 해보려고. 참담한 실패의 연속에 속상해진 마음의 빈틈을 비집고 온갖 위험한 생각이 밀려들고 있었기 때문이다. 억지로 웃는 것도 쉬운 일이 아니다. 거울을 보고 한번 시도해보라. 정말 어디 나사 하나 빠진 것 같은 본인의 모습이 꽤 충격적일지도 모른다. 아, 그럼 치료가 안 되려나. 아무튼 그렇게 이틀이 지나고 일주일이 지나니 “요새 무슨 좋은 일 있어? 연애해?” (제발 좀 하자. 장가도 가면 좋고.) 하고 묻는 사람들이 생기기 시작한 것이다. 잘 생각해보자. 생각보다 오늘 하루, 웃을 일이 많지 않다. 일을 집중해서 하면서 박장대소하거나 미소 짓는 사람은 드물지 않나. 게다가 15초? 시도해보면 얼마나 긴 시간인지 알 것이다. (복근 운동이 싫은 사람은 이것도 방법이다.) 왜, 얼굴에 살아온 시간이 드러난다고 하지 않는가. 의도된 웃음이지만 자꾸 얼굴 근육을 그렇게 쓰니 얼굴이 밝아지고 목소리와 행동에 생기가 돌기 시작했다. 그렇게 힘든 시기를 이겨내고 한국에 연주가 있어 들어갔다.

야마하 라이징 아티스트*YAMAHA Rising Artist Series* 리사이틀이었다. (그때의 인연을 소중하게 이어와 회사를 떠난 분들과도 여태 연락하며 지내고 있다.) 리사이틀을 무사히 끝내고 나니 다시 일어날 수 있었던 힘, 바로 그 웃음을 가르쳐주신 분께 안부를 전하고 싶었다. 팬 카페를 찾아서 글과 전화번호를 남겼더니 답글을 다시고는 전화를 주셨다. 원래 답글이 달려도 읽기만 하시는데 왠지 연락을 해야 할 것 같았다고 하신다. 그렇게 서초동에서 수녀님을 뵐 수 있었다.

"(역에서 계단을 올라오시다 나를 발견하시고는) 어, 그래! 이제 기억 난다! 그때 자기 밍숭맹숭했었잖아!"

하, 자존심 상해. 뜨겁거나 차갑다는 말은 들어봤어도, 밍숭맹숭은 또 뭐람. 그렇지만 인정한다. 당시 맥이 다 풀려 얼굴에 생기도 없이 온갖 어둠이 잔뜩 서려 있었으니.

"와, 근데 완전 다른 사람이 됐네? 뭐야, 어떻게 된 거야? (킥킥)"

꼭 10년 알고 지낸 친구를 대하듯 편안한 느낌이었다. 잠깐 뵙기로 했던 터라 짧게 끊긴 이야기가 아쉬우셨는지 다음 날 수녀원으로 초대해주셨다. 한참 이야기를 나누고 있었는데 갑자기 부탁하셨다.

"바실리오, 노래 한 번 들려 줄래?"

무반주로 CCM 한 곡을 노래했다.

"목소리에 치유가 있다. 왜 이렇게 눈물이 나니."

미국으로 다시 돌아온 지 두 달 후, 수녀님께 연락이 왔다.

"내년 여름에 뭐해? 우리 강의 같이 다닐래?"

말하는 걸 워낙 좋아해서 꼭 해보고 싶은 일이었다. 그래서 일말의 고민 없이 바로 한다고 했다. 하기로 하고 곰곰이 생각해보니, 수녀님 강의를 보필하여 음악을 담당하는 것이 내 역할일 듯했다. '이거 남의 노래만 부르기는 좀 그런데…' 싶어서 성가 합창곡만 쓰던 내가 CCM에 도전을 했고, 간절한 기도와 노력 끝에 네 곡 전곡을 작사, 작곡한 〈고백〉이라는 미니 앨범을 발매하게 되었다.

음악을 준비해 갔는데 웬걸, "지금 이 격변의 시대를, 고민을 해결하고 어려움을 극복하며 살아가는 젊은이의 이야기를 직접 들려주었으면 해." 하시는 것이었다. 그렇게 2013년 여름 첫 강의를 하게 되었다. MBTI 가 꾸준히 INTJ/INFJ가 나오는 나는 빈틈없이 대본을 준비하고 자연스러운 머뭇거림마저 연출하고 연습해서 청중에게 내어놓아야 안심이 되는 성격인데, 완전 반대의 성향으로 물처럼 바람처럼 흐르는 대로 청중을 '느끼며' 즉흥적으로 강의를 하시는 수녀님은 마감 시간 10분을 남겨놓고 나서야 '이제 이 친구의 이야기를 들어야 할 때'가 되었다고 생각하셨던 것이다.

"바실리오, 철저한 계획에서 오는 완벽함도 아름답지만, 아무 준비 없이 우리 안에 그리고 청중 안에 있는 선한 마음을 믿고 하늘에 맡겨보는 것도 아주 짜릿하고 재밌는 경험이 될거야. 대본을 버려!"

그렇게 다음 강의부터는 아무 생각 없이—계획이 없으

니 제대로 서 있기도 힘들 정도로 떨렸지만—수녀님의 신호를 기다렸다. 부산에서 청년을 대상으로 했던 강의에서 수녀님은 꽤 일찍, 오랜 시간을 내게 내어주셨다.

"매일 12시간 이상, 휴일 없이 1년을 내가 잘하고 싶은 것에 투자해 보지 '않은' 사람은 손 드세요."

"(하나도 빠짐없이 손을 들자) 네, 강의 끝날 때까지 손 들고 계세요. 억울해할 자격 없어요!"

물론 농담이었다. 뼈가 있었지만. 이십대 중반다운 패기 넘치고 직설적인 강의를 이어갔다.

- 무엇이든 스물한 번 이상 반복하면 뇌가 '습관'으로 인지한다는 연구 결과를 접하고, 여유 있는 템포로 무대에 올라간 것처럼 집중해서 한 곡의 처음부터 끝까지 실수 없이 스물한 번을 반복하는 연습법
- 연주 기회를 만들고 사람을 얻기 위해 수많은 손 편지와 이메일을 보내고 발품을 판 이야기
- 인정 받고 싶은 욕구 때문에, 사랑 받고 싶은 욕구 때문에 모르는 것을 안다고 말하며 나대다가 창피했던 경험
- 이것저것 들은 풍월이 많고 늘 바쁘고 똑똑한 척을 하다 보니 정말 그런 줄 알고 안일하게 준비하다가 박사 시험부터 모든 콩쿠르에서 낙방했던 경험
- 끊임없이 '나는 누구인가', '나는 왜 음악을 하는가' 이

두 질문으로 돌아가 파생되어 나오는 생각들을 적어 실천에 옮겼던 일화

어찌 보면 신세 한탄 같은 이야기들을 이어갔는지도 모르겠다. 노력하는 만큼 보상 받게 된다는 진부한 클리셰를 반복했던 것 같다. 아마도 원하는 만큼 빠른 속도로 '내가 세워놓은 성공의 기준'에 도달하지 못하는 처지를 비관하며 온몸이 부서져라 최선을 다했음에도 '내 노력이 부족해서 그랬으리라.' 자신을 탓할 수 밖에 없던 자격지심에서 비롯된 마음이 아니었을까. 그럼에도 불구하고 강의 피드백은 정말 좋았다. 다소 공격적이었던 나의 표현에도 불구하고 '새롭게 다시 힘을 내어 노력해볼 자극을 받았다.'는 감사 인사를 받으며 이어지는 강의에서는 자연스럽게 한 톤 누그러진 열정을 토했더랬다. 강의 투어의 마지막 날, 나는 마이크를 잡고 관객을 쥐락펴락하는 재미를 느끼며 관객을 마주 바라보고 말하는 것이 더 이상 어색하지 않은 자신을 발견했다. (피아니스트로서 나는 항상 관객의 반응을 실시간으로 보지 못하고 오른쪽 얼굴만 보여준 채 무대 오른편으로만 시선이 향하는 세팅에서 연주해왔었다.)

이듬해 이어진 독주 공연들에서 마이크를 잡기 시작했다. 종교성을 배제하고 연주할 곡과 나의 관계, 또는 그

곡이 내 삶에 직접적으로 미친 영향 등을 나누고 연주했다. 그렇게 7년이란 세월이 흘러 인사동에서 게릴라 강연과 공연을 하고, 그저 살아가며 누구나 겪음직한 이런저런 담소를 나누며 연주하는 것이 익숙해졌다. 그리고 8년 차인 2022년 10월, 서울대교구 홍보위원회 초대로 김수환 추기경 탄생 100주년 기념 콘서트를 맡게 되었다.

첼리스트 신호철과 보컬리스트 박종수와 함께했다. 1부는 첼로와 피아노로만 꾸며 클래식을 선사했고, 2부는 전부 내가 작곡하거나 편곡한 노래들을 연주했다. 그 유명한 생상스*Saint-Saëns*의 〈백조*Le Cygne*〉를 연주할 때는, 첼리스트 뒤에 의자를 하나 설치하고 관객 중 한분을 선착순으로 모셔 첼로 튜닝핀이 꽂혀 있는 악기 머리에 손을 대고 소리의 진동을 느끼며 감상하게 했고, 슈만의 〈트로이메라이*Träumerei*〉를 연주할 때는 어린 시절 피아노 밑에 들어가 다른 친구들이 연주하는 소리를 들으며 책 읽기를 좋아하던 나의 추억을 관객에게 선물했다. 피아노 밑에 앉아 감상하게 하는 이벤트는 자주 하는 편인데, 참여하는 관객 대부분이 눈물을 펑펑 쏟고 나오신다. 오로지 '음악과 나'만 남아 있는 시간. 소리가 심장 중심까지 콱 박혀 스며드는 경험을 할 수 있다. 피아노 밑에 청중이 있을 때 나의 연주 또한 어린아이처럼 더욱 순수해지는 것을 느낀다.

지금 내가 무대에서 내 집 안방처럼 편안하게 관객과 이야기를 나누고 소통하며 연주를 이끌어가는 힘의 시작은 아가다 수녀님의 초대였다. 예술의전당 독주회 때 검정 터틀넥 팔을 걷고 검정 슬랙스를 입은 채, 맨발로 걸어나가 임동창의 〈메나리〉를 연주하며 '맨발의 피아니스트'라는 수식어를 얻었다. 무대에서 살을 내어놓는다는 것은 관객에게 있는 그대로 솔직하고 '못난' 나의 민낯을 밝히겠다는 비장한 다짐이다. 대본 없는 강연, 그 자유로움이 '세상 모든 사람이 음악을 사랑하게 만들 수 있다면 그대로 죽어도 여한이 없다.'던 열네 살의 꿈을 완성했다.

음악만으로 충분한데 왜 자꾸 음악과 상관없는 이야기를 하는지 모르겠다며 볼멘소리를 하시는 분들도 계시다. 음악만으로 충분하지 않아서가 아니라, 음악만으로 충분한 내가 느끼는 감각을 전하는 자리에 소외되는 이가 하나도 없기를 바라는 마음으로 마이크를 잡는다. (사실 청중을 웃기고 울리는 재미가 쏠쏠해서 하는 부분도 있다. 인정한다.)

매일 고민한다.

건반 앞에서, 소리가 귀를 타고 흘러들어 와 머리에 머물면서 내게 주는 황홀한 감각들을 어떻게 전달하면 관객이 하나도 놓치지 않고 함께 느낄 수 있을까. 이쯤 되면 기대되지 않는가. 다음 연주에서 내가 또 무슨 짓을 할지.

새벽 두 시

〈새벽 두 시〉

거리를 채운 경쾌한 발끝에서

눈물꽃이 피어난다

스치는 바람에 실려오는 향기가

생의 무게를 속삭인다

향하는 길은…

그리움일까

꿈일까

사랑일까

만났을까

스치는 바람에 실려오는 향기가

아직 눈물을 실어나르는데

분주한 마음은 여태

어디를 향하는가

—에드윈 킴, 2022년 06월 03일, 새벽 두 시, 택시 안에서

초등학교 4학년 때까지 '예쁜아이들'이라는 어린이 중창단에서 노래했다. (아마 KBS 〈국악 한마당〉 등의 자료를 뒤져보면 초등학교 시절의 나를 찾을 수 있을 것이다.) 아가다 수녀님과 강연 투어를 준비하며 가톨릭 CCM 앨범을 준비할 때 중창단 지도 선생님을 통해 소개 받은 권규진 감독님. 광고 음악을 주로 만드시지만, 드라마 OST에 뮤지컬까지 다양한 음악을 작·편곡 하시는 분이시다. 2013년에 이 분을 처음 만났을 때 나는 고작 스물여섯. 무명의 어린 피아니스트였다. 대중음악 업계에서 내로라하는 분을 뵙는 건 처음이라 걱정이 앞섰던 것이 사실이다. '당연히 함부로 대하고 하대하겠지….' 생각하며 '모조리 수용하리라!' 멘털을 '단디하고' 녹음실에 도착했다.

"(깍듯하게 90도로 허리를 굽혀) 성필 군? 맞으시죠? 안녕하세요."

예상과 너무 달라 당황스러웠다. 감독님은 10년이 지난 지금도 내게 말을 놓지 않으신다. 이젠 좀 편하게 대해주셨으면 하는데, 그 모습이 또 감독님 본연의 자연스러운 모습이라 받아들이고 더 이상 떼쓰지 않는다. 최고의 위치에 계신 분의 낮은 자세는 그 어떤 힘보다 강력하고 품위 있다. 어느새 어딜 가면 선배만큼 후배도 많아진 나이가 되니 감독님 같은 모습으로 상대방을 대할 수 있는 '어른'이 되고 싶어 늘 품행을 점검한다.

2013년부터 다양한 음악적 교류를 하며, 2022년 발매한 싱글까지 세 번의 작업을 같이 했다. 감독님 손을 통해 복잡한 내 모습만큼 어려운 곡들이 대중성을 겸비한 곡으로 재탄생하는 것을 보며 많은 공부를 했다. 아무리 좋은 글을 썼다고 한들, 읽기 어려운 한문만 잔뜩 늘어놓은 글이라면 작품성을 평가 받는 것 자체가 어려워질 수 있다. 남녀노소 누구나 알아들을 수 있어야 좋은 음악이다. 음악적 대화를 나누다 보면 내게 늘 그 균형을 깨우쳐주시는 분이다.

이름 없는 아티스트에서 이렇게 책까지 내는 아티스트가 될 때까지 감독님은 한결같이 내가 잘되기를 진심으로 바라며 내 모든 선택을 응원해주셨다. 지금은 압구정 어딘가 아주 핫한 스튜디오의 대표님으로서 우리 귀 가까운 곳에 머무는 음악으로 함께하신다. 광고 음악을 만드는 것은 클라이언트의 요구가, 대중이 이끄는 트렌드가 최우선시 되는 작업이다. 그래서 이번 싱글 〈새벽 두 시〉를 작업하며 감독님께 부탁드렸다.

"감독님의 자유로운 세계를 요청하는 클라이언트도 있습니다, 여기. 일방적으로 배려해주시지 말고 상상력을 마음껏 발휘해주셨으면 좋겠어요."

내가 잘나갈 때 인정해주는 것은 어렵지 않다. 그러나 무명 아티스트의 가치를 알아봐주고 곁에 머무는 사람이라면 평생 지켜내야 할 인연이라 생각한다.

좋은 '어른'에게 지금의 내가 할 수 있는 최소한의 보답이라 생각했다.

나의 기도

파가니니/임동창, 〈나의 기도〉

2022년 겨울. 통영의 한 다찌집. 네 잔이 비었네, 내 잔이 비었네, 그렇게 서로의 잔에 어서 비를 내려달라 칭얼대며 흥취가 도도하던 그때, 임동창 선생님께서 물으셨다.

"바하랑, 너는 어떤 사람이 되고 싶으냐?"

순간 정적이 흘렀다. 잠시 호흡을 가다듬고 선생님의 눈을 바라보며 대답했다.

"사람을 살리는… 음악인이 되고 싶습니다."

"(절도 있게 끄덕이며) 됐다. 내가 너를 위해 파가니니 스물네 곡을 전부 재해석해서 작품을 완성했다. 대답이 시원찮으면 안 주려고 그랬는데, 진실한 대답을 해줘서 기쁘다. 좋다! (잔을 들고) 너도 좋고 나도 좋고, 흥야라!"

그렇게 파가니니/임동창의 〈나의 기도〉를 받았다. 꿈꾸던 일이었다. 클래식을 한국의 자연으로 데려오는 것. 피아노를 한국인의 정체성이 드러나게 연주하는 것. 그리고… 오롯이 나를 위해 쓰인 곡으로만 무대에 서는 것. 식사를 마치고 통영에서 완주까지 울컥 울컥 요동치는 심장을 부여잡고 돌아왔더랬다.

"차 마시자. (앉아서 찻잔을 정리하시며) 아무개! 파가니니 곡 악보 가져와라."

선생님 옆에 앉아 차를 마시며 악보를 함께 훑어봤다. 당황스러웠다. 전체적으로 악보가 휑하니 비어 있었는데, 격정적이고 화려한 곡조차 여백의 미로 가득했다. 기술을 뽐낼 기회가 단 한 군데도 없었다.

"화려한 데가 한 군데도 없네요…?"

"그럼 임마! 다른 놈들과 똑같이 악다구니 쓸 거면 뭐하러 조선 옷을 입히냐?"

그렇다. 곳곳에 우리 전통음악이 자리하고 있었다. 원곡에서 긴장을 한껏 끌어올려 테크닉을 자랑하는 구간을 전부 버드나무처럼 살랑살랑 감칠맛 나는 우리 가락이 차지하고 있었다. 그뿐이랴. 심지어 '피아노 병창'이다. 피아노를 연주하면서 노래도 함께 해야 하는데, 노래하는 곡은 거의 다 한국적이었다. 그 노래의 맛을 국악을 공부해본 적 없는 내가 손과 성대를 통해 구현해내는 데는 꽤나 긴 인고의 시간이 필요했다.

악보를 받고 미국으로 돌아갔다. 여러 스케줄을 소화하며 혼자 연습하는데, 그렇게 답답할 수가 없었다. 다만 확신할 수 있었던 한 가지는 이 곡은 수행하듯이, 제목처럼 '기도'하는 상태로 연주해야 한다는 것이었다. 평소의 연습 방식과 달라야 했다. 체계적인 연습 방식은 마음보다는 근육의 감각을 단련하기 바빴고, 그럴수록 곡이 더 뻣뻣하고 어색해졌다. 조금이라도 마음이 지치거나 연습이 하기 싫으면 바로 자리에서 일어났다. 그렇게 '피아노 연주하는 게 행복한' 마음가짐으로만 연습 시간을 쌓아갔다. 어느새 75분에 달하는 이 곡이 외워졌는데, '오, 다 외웠다!' 하고 뿌듯해하는 순간 전화벨이 울렸다.

"바하랑! 미국 잘 있냐? (내가 아니라 '미국'이 잘 있냐고 물으신 것이다.)"

"네!"

"6월 3일에 한국에 있지? 파가니니로 독주회 하자. 할 수 있겠냐?"

"네, 선생님!"

"오키, 곧 보자!"

그렇게 2023년 6월 3일, 성북 꿈빛극장에서 열린 3일간의 '여엿비' 기획 공연 중 두 번째 날, 〈나의 기도〉로 홀로 무대에 올랐다.

완전하게 암전된 공연장. 어둠 속에 한줄기 빛이 드리우자 피아노가 나타났다. 피아노와 나 둘뿐인 세상. 그 세상을 향해 한 발씩 고요하게 내디뎠다. 무대의 에너지가 맨발바닥을 통해 온몸으로 퍼졌다. 한 번에 한 음씩만 온 마음을 주었는데, 쏟아내는 에너지만큼 즉시 채워졌다. 연약한 나의 마음은 순간순간 미세하게 흔들렸지만, 발바닥에 새겨진 듯 흐트러지지 않는 고요함으로 무대를 마쳤다.

이전의 연주와 달랐다. 마치 피겨 스케이터가 음악에 몸을 맡기고 흐르다가 트리플악셀, 트리플러츠 등 고난도 점프를 수행해야 하는 지점이 다가오면 지켜보는 이마저 넘어질까 긴장하듯, 클래식 연주는 아무리 연습을 많이 해도 다양한 고난도 점프들을 수행해내야 하는 부담을 늘 가지게 되어 있다. 하지만 이번엔 첫 음부터 끝음까지 건반을 누르고 노래하는 모든 순간 행복을 유지할 수 있었다.

바라던 일이었다. 소개한 음악의 의도와 전개에 대해 의문을 품은 관객은 있어도 긴장하고 가슴 졸이며 음악을 들었다는 사람은 없었다. 많은 분들이 음악을 거울 삼아 각자의 마음에 떠다니는 생각과 감정들을 마주할 수 있었다고 말씀하셨다. 나의 내면을 드러냄으로써 듣는 이의 내면이 잊히지 않는 것. 그렇게 소외되지 않은 마음들이 선한 영향력으로 모이는 세상을 꿈꾸고 있다. 그래서 나는 아무도 가지 않은 이 길을 선택했다. 연주자로서는 조상이 남겨놓은 유산을 이어받아 온고이지신하는 작곡가 임동창의 작업에 동참하기를, 그리고 스쳐가는 인연들 곁에 싱그러움이 깃들기를 바라는 작곡가로서 오롯한 내 음악을 찾아가기를.

그렇게 '바하랑'의 출생을 신고한다. 바름, 하늘, 그리고 싱그러움이 나와 함께 그대 곁에 영원히 머물기를 기도한다.

피아노를 끌어안고 자고 싶은 소년

이렇게 '피아노를 작게 만들 수 있다면 끌어안고 자고 싶다'던 그 소년의 마음을 지키려고 부단히 애쓰고 있다. 사람들의 욕심과 질투에서 비롯된 모함과 언사에 상처 받기도 하고 분노하기도 하지만, 음악 앞에 앉는 순간 잊지 않고 되새긴다. '나는 음악을 성공의 도구로 삼으려고 연주하는 게 아니다. 사람을 만나기 위해서, 소통하기 위해서, 위로하기 위해서…. 그렇게 더불어 행복하기 위해서 여전히 피아노 앞에 앉아 있다.'는 사실을.

기술이 인간의 완벽을 대신하는 시대. '좋은 사람' 공부가 다음 세대를 이끌어 갈 연주자를 키워내리라 생각한다. 그 미래를 함께 공부하며 준비하고자 한다.

> 피아노 치고 노래하고 곡을 쓰는 순간들은
> 신을 만나는 시간이고 나 자신을 만나는 시간이다.
> 나를 들여다보고, 알아가고, 발전시키는 시간.

더 좋은 사람이 되기 위한 정화의 시간.

소리와 내가 온전히 하나가 되었을 때

나의 삶에 직접적인 변화가 일어난다.

형언할 수 없는 그 신비가 나를 음악으로 이끈다.

—바하랑, 앨범 〈아리랑변주곡〉 북클릿에서 발췌

에필로그-헤어짐

"(쳐다보고 다시 시선을 거뒀다가 놀란 듯이 반가워하며) 오셨습니까 형님!"

"(껄껄 웃으며) 옹야~ 참새 왔다!"

'이런 곳에 카페가 있어?'라는 생각을 하며 고소한 원두 향과는 전혀 무관해 보이는 골목을 따라 걷다보면 얼마 못 가 검은 간판에 흰 글씨로 아주 담백하게 적힌 상호가 나타난다. '류강현 커피집'. 내게 '물을 다스리는 법'을 가르쳐 주신 커피 스승님의 수제자가 본인의 이름을 건 카페를 연 지 이제 막 1년이 된 곳이다. 블루마운틴, 게이샤, 예가체프, 코케허니, 아리차, 하와이안 코나 등 프리미엄 원두를 볶아서 납품도 하는 이곳은 '가배 공방'이라는 명칭을 함께 사용한다. 막 새 가게의 공사를 마치고 장사를 준비하던 시점부터 원두를 사러 다니다 사장님과 금세 친해졌다. 이 젊은 사장님은 일본에서 잠시 유학을 하기도 했는데, 원래는 배우의 삶을 꿈꾸던 예술인이었다. 친형이 국악인인 관계로 유년 시절부터 전통음악과 가까이 지내 음악에 대한 조예도 깊다. 친해지지 않으면 이상한 인연이다. 예술에 쏟던 진심을 커피로 옮겨 '영빨'로 커피를 내리는 그는 음악과 삶에 대한 나의 헌신을 (커피에 대한 사랑도!) 한눈에 알아봤고, 길게 이어진 기역 자 바와 테이블 두 개가 전부인 소박하고 아늑한 이곳에서 장작 타는 소리와 커피 향에 취해 거짓 없는 대화를 나누며 사장님과 단골손님에서 형 동생이 되었다.

이 방앗간에서 참새가 노트북을 들고 종일 앉아 키보드를 쪼아댔다. 오고 가는 수많은 삶의 흔적들을 배경 삼아 혼자만의 세계에 푹 빠져, 좋아하는 커피를 온몸에 머금고 여기 실린 대부분의 글을 집필했다. 이 책의 공식적인 시작도 이곳에서 이루어졌다. yeondoo 출판사 김유정 대표님도 커피를 사랑하는 분으로, 우리와 같은 선생님에게서 커피를 배우셨다고 한다.

2021년 겨울, 인사동 코트에서 일일 바리스타로 홀로 꽤 많은 양의 주문을 소화하느라 한창 애쓰고 있을 때 구세주처럼 등장하신 대표님 덕분에 훨씬 가뿐하게 영업을 이어가고 있었다. 커피를 추출하며 바에 앉아서 그 과정을 바라보는 손님들의 이야기를 듣고 공감하며 나의 이야기도 한참 들려주고 있었는데, 대표님이 한차례 손님들이 빠져나가는 타이밍에 그릇 정리를 도와주시며 무심

한 듯 확고하게 한마디를 던지셨다.

"선생님, 혹시 언제든 책을 내시게 된다면 꼭 저랑 함께 해요."

내가 뭐라고. 황송한 그 한마디를 머금고 일상을 살아갔다. 그로부터 거의 반년이 지난 시점, 갑자기 만나는 기자님들과 예술계 종사자 분들로부터 책을 내보라는 권유를 연이어 받았다. 지난 겨울 대표님의 한마디가 떠올랐고, 우리는 류강현 커피집에서 재회했다.

"대표님 그때… 어째서 저에게 그런 제안을 하셨어요?"

"선생님 커리어의 굴곡이 아니라 음악을 통해 세상을 바라보는 그 시선이, 그 화법이 참 좋았어요."

음악이라는 도구를 통해서 세상을, 사람을 깊고 아름답게 바라보고자 하는 나의 마음을 꿰뚫어 보신 대표님의 통찰력에 바로 집필을 약속했다.

강현이는 지금 이순간에도, 배우의 삶을 뒤로했음에도 그대로 남아 있는 특유의 꽉 찬 연극 톤의 목소리로 신명나게 손님에게 메뉴를 설명하고 있다. 딱 핸드드립만 한다. 디저트도 판매하지 않는다. 오로지 커피와 커피에 대한 진실한 마음 하나만 존재하는 곳. 그래서 핸드드립을 좋아하는 사람들이 찾아와서 그의 열정을 입안에 머금고 쉬다 가는 곳. 그 순수함이 모여 활자로 피어났다.

"강현아, 너네 커피집 얘기 써도 돼?"

"아이고, 당연한 걸 물으십니까 형님!"

필자가 공연에서 진행하며 나누었던 이야기들을 여기에 모두 실었다. 에피소드마다 소개되는 곡들을 함께 감상하며 읽었다면 여태 내가 해온 모든 공연을 간접적으로 체험한 셈이다. 앞으로 이 이야기들을 반복하지 않겠다는 다짐이며, 새로운 이야기를 써내려 갈 것이라는 약속이기도 하다.

클래식은 이미 보편화되었고 지속될 것이다. 수많은 콩쿠르 우승자를 양산한 한국에서도 새로운 연주자가 끊임없이 쏟아져 나올 것이다. 다만, 이제 이들에게 자긍심을 심어주고 싶다. 어디서든 당당하고 자신있게, "있다! 품격 있는 오롯한 우리만의 음악이 있고, 그 음악의 문화와 정서를 담아 연주하는 작곡가와 피아니스트가 있다!" 라고 외치며 한 소절 기깔나게 선보일 수 있는 그런 시대를 열어주고 싶다.

이 희망을 마지막으로 이별을 고한다.

그대의 숭고한 노력과 희생 앞에 내가 앉아 있다.

먼저 일어난 그대 뒷모습이 흐릿해지면 자리를 뜨리라.

우리가 함께 앉아 있던 의자의 온기가 영원하지 않음을 너무 서운해하지 말자.

피아노를 끌어안고 자고 싶던 소년

초판 1쇄 발행 | 2023년 9월 11일

글 | 에드윈 킴

편집 | 김유정, 조나리
디자인 | 박준기
표지그림 | 신문섭

펴낸이 | 김유정
펴낸곳 | yeondoo
등록 | 2017년 5월 22일 제300-2017-69호
주소 | 서울시 종로구 부암동 208-13
팩스 | 02-6338-7580
메일 | 11lily@daum.net

ISBN 979-11-91840-39-1(03810)